LOCUS

LOCUS

LOCUS

LOCUS

Smile, please

smile 53
王家牧場，在南半球的天堂
口述：王寶輝　執筆：吳宗璘
責任編輯：李惠貞　美術編輯：何萍萍
法律顧問：全理法律事務所董安丹律師
出版者：大塊文化出版股份有限公司
台北市105南京東路四段25號11樓
讀者服務專線：0800-006689
TEL：（02）87123898　FAX：（02）87123897
郵撥帳號：18955675　戶名：大塊文化出版股份有限公司
www.locuspublishing.com

總經銷：大和書報圖書股份有限公司
地址：台北縣五股工業區五工五路2號
TEL：(02) 89902588 (代表號)
FAX：(02)22901658
製版：瑞豐製版股份有限公司
初版一刷：2003年5月
初版五刷：2010年12月

定價：新台幣250元
Printed in Taiwan

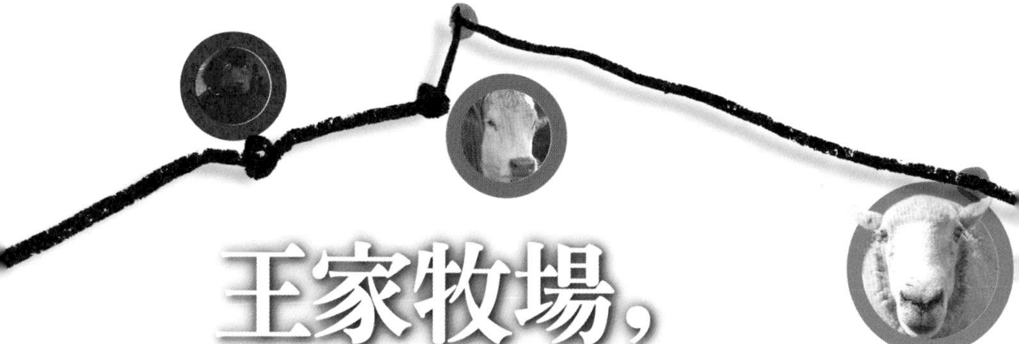

王家牧場，在南半球的天堂

一個台灣家族到紐西蘭實現夢想的故事

王寶輝／口述　吳宗璘／執筆

目錄

有緣結識王家牧場

飛碟電台董事長　趙少康

兩年前，我們全家老老小小，第一次到紐西蘭，遍遊了南島、北島美麗俊秀的風光外，旅行社還安排我們到王家牧場玩了一整天。

在前往「王家牧場」的車上，導遊小姐就告訴我們王家購買牧場的傳奇故事，懷著好奇的心情，倒眞想快點看看從台灣來的王家如何在千里迢迢的異國，經營一個有上千隻羊、上百匹馬的牧場。

到了王家牧場，發覺果然名不虛傳，好大的一個牧場，對於地狹人稠慣於擁擠的我們，世界一下子大了許多倍。整個旅行團的人都玩得很盡興，中午還有烤羊腿吃，小朋友們尤其高興。

王家牧場安排每個人都騎馬繞牧場一小半圈，大概半個多鐘頭。我的父親騎上一匹高大駿馬，非常興奮，重溫他童年在馬背上的歲月。他們特別安排了一匹馬給我太太，還保證絕對溫馴，因爲他們上個禮拜才給盲立委鄭龍水騎過，後來我還拿這事當面開了鄭龍水一個玩笑。

回台灣後，全家人都對王家牧場念念不忘，我就在電台裡訪問了Bob王先生，引起聽眾很大的迴響。

我的兩個小朋友後來又參加了兩次王家牧場的活動，一次夏令營、一次冬令營，紐西蘭冬天還可以滑雪，一面學英語、一面做活動，我們都認爲這是對孩子最好的選擇。

「王家牧場」能夠在短短六年間打響口碑，建立名號，絕非偶然，這是Bob王全家人上下一心、背水一戰，懂管理、會行銷，付出愛心、注意細節，才能在紐西蘭揚名立萬，也讓台灣的遊客及孩子放心的找到一個樂園。

加油，王家牧場，讓傳奇更添傳奇。

1 夢想的開端

第一眼看到牧場，我知道，就是這兒了——綠意盎然的白楊樹，一望無際的草原——這是我的夢想將要落實的地方。

第一次造訪，心中便已打定主意。當晚，我耐不住性子，晚餐過後，又叫了計程車前往。

「您這麼晚還去農場騎馬？」司機對我的舉動感到十分驚訝。我們從寬廣的市區馬路，彎進了安靜無人的小路，狂勁的夜風，吹打著路旁的芒草，我的心情也跟著激動澎湃起來。

牧場的老闆修（Hugh），是個老先生，見我夜晚造訪，當然明白我的意圖。但有意詢價打探牧場的人太多，他也不怎麼眞以爲我會買，農場作息又都是早睡早起，我們聊到晚上十一點，修和太太早已經是哈欠連連，我不好意思只好趕快告退，讓他們休息。反倒是自己回到了旅館，卻還是興奮得睡不著。

就是它了，我一定要買下來。

因為失望，所以有夢

那是一九九四年，我三十六歲，是一名海軍軍官，已經晉升中校，並且得過莒光楷模、擔任過莒光連隊長，有一部得過獎的軍事著作，前途一片大好。

如果，沒有那麼多的如果，現在的我，應該仍是一名自己帶船的中華民國海軍，而不是紐西蘭的牧場主人。爲什麼，雄糾糾氣昂昂的軍艦軍官，卻在轉眼間變成了在國外拿耙子的牧場農夫？

我的家族三代從軍，服從與忠誠，一直是我們生活的基本信仰。然而，面對當時政治與社會不斷急遽發生的各種變化，我們所堅持的價值與認同，似乎已被遺留在上一個時代，再也回不來。正值壯年的我，意外地面臨了人生的十字路口——自己還能做什麼？還該做些什麼？我的存在價值，究竟是什麼？

我選擇了移民、出走，而且義無反顧。

很多人都問我，已經站穩的道路充滿前景，爲什麼捨得放棄？爲什麼不繼續走下去？我不知道其他人怎麼想，但對我來說，一個人應該要有自己生存的價值和信念，一旦這個信念崩解，世界就失去了意義。當時的我，正處於這樣一種狀態。

我想，如果不是因爲人生中發生了重大的變化，絕對沒有人願意離開家鄉，在異國一切重新歸零、重新開始。

家庭成員的凋零，也是讓我痛下決心改變生活的重要因素。從我十五歲進入官校開始，幾乎少有機會回家，縱使回到家，也難有時間與家人好好相處。和我感情極好的幾位長輩，在我對自己的未來感到困惑的同時，相繼地過世。子欲養而親不待。有些事錯過了，再也沒有機會重來。我的遺憾深深地啃蝕著我。

但是，對於我的一雙兒女，應該還來得及做些什麼。

在我印象中，小女兒剛上幼稚園的時候，只要一看到我——那個體格魁梧、一臉嚴肅、嗓門特大的、叫做「爸爸」的傢伙——回來了，總是嚇得躲在屋裡，不敢出來。我還要讓自己的女兒躲多久？等到她長大嗎？到那時候，我如何跟她說，對不起，女兒，在妳成長的過程中，爸爸總是缺席？

我想改變自己的人生，也讓家人的生活改觀。讓自己——一位父親、一位先生、一位兄弟，在家人的生活中，是眞實的存在。

十分鐘和家人達成共識

其他的軍中同袍，對於劇變中的環境，也有著跟我一樣的疑惑與不確定感。只是，大家解決困境的方式，各不相同；有人選擇隱忍留下，也有些人和我一樣，考慮移民。但是在軍中服役蒐集資料十分困難，很多人都只能在匆忙之間就決定了下半生的出路。

當時最流行的移民地點是貝里斯，因爲手續簡便，花費是最少的。然而，許多人到了貝里斯之後才發現，這個國家太過落後——所謂的高速公路，跟我們的鄉間道路沒什麼兩樣；住的房子還是傳統的高腳屋，在屋裡吃剩的骨頭剩菜，直接就從屋裡的洞丟下去給牲畜吃……能夠在這樣的環境下入境隨俗的台灣人少之又少。一場移民美夢，也許轉瞬間就成了無法結束的惡夢。能夠回來台灣的，已經是最好的結果了。

電影「喜馬拉雅」中，長老帶著族人與犛牛穿山越嶺，面對岔路的時候，長老是這樣對族人說的，「如果有兩條路，就選擇困難的那一條走下去。」

看到同袍的慘痛經驗，我的決心並沒有動搖，不管路有多困難，當時的我，已經決定走下去了。我與全家人只溝通了十多分鐘，基於多年來的彼此信任，「好！」大家就只有一句話，我們王家整個大家子，移民去。

爲了方便蒐集資料，我申請提前退役，進入建中當教官。但是，該移民去

當值班（當天供觀光客騎乘的馬）馬兒的休息區。

哪裡？爲什麼最後選擇紐西蘭？決定的過程其實說來單純。當時台灣人移民的主要地區，多是美國、加拿大、澳洲和紐西蘭，我妹妹當時也在美國。但我認爲，美國社會太混亂複雜，移民條件限制又多，困難度高，第一個刪除。加拿大則緯度太高太冷，又有魁北克獨立問題，再刪除。至於澳洲也出局的原因，我就有點不好意思說了，澳洲蛇太多，毒蛇千百種，從事戶外活動實在太危險。

看來，只剩下紐西蘭了。沒錯，就是那個羊口數是人口數好幾倍的紐西蘭。

我不禁又開始作夢，我想起了自己小時候在青年公園騎馬兜圈的神氣模樣，我還想起了爸爸敘述的河北老家，朔風獵獵、綠波開瀾的壯闊景色，天蒼蒼野茫茫。更重要的是，如果我能擁有一個自己的牧場，全家人的工作都有了著落，這是可以讓全家人一齊投入心力、最理想不過的安排，並且是一份只要付出體力勞動，不需要經營複雜人際關係的事業。像我們這樣經濟狀況普通的軍人家庭，要到異國重新落地生根，是沒有坐吃山空的理由和本錢的。

移民是確定了，但是，牧場呢？我開始請朋友打聽。很幸運地，不久後就有好消息傳來，朋友好心告訴我：「羅托魯瓦（Rotorua）有個牧場要賣，我猜可能會是你想要的牧場，要不要去看看？」那是一九九五年，我因爲還是軍人身份，無法以個人名義單獨出國觀光，於是跟著旅行團前往。但這一路上的心思，卻跟其他興奮出遊的團員，完全不一樣。其他人是「如果這裡不好玩，下次出國換個地方就是」；而我，卻是要選擇一個全家族的安身立命之所。所以，等不及跟團到達牧場，我便按捺不住，先行脫隊溜去牧場看個究竟。

我幾乎高興得要狂叫出來，第一眼看到這間牧場，我就知道是它！這個騎馬繞行一周足足要四個小時的牧場，簡直就是約翰韋恩電影的西部片場景！下午時分，我的旅行團也抵達了牧場，我不動聲色，跟著大家一起參加了各項農場活動——騎馬擠羊奶之類的觀光客活動，看著大家的快樂與滿足，這時候，我已暗自作了決定。

「就是這裡！沒錯！」

在台灣，我們最大的夢想可能只是一棟市中心的幾十坪房子，但是，如果買下了這個牧場，我和家人就有了七十二萬坪的寬廣空間。並且，這不是都市叢林中的鋼筋水泥，而是一個生氣昂揚的地方；我們可以在這裡養些鹿……那牧場上一整排的白楊樹。

邊挖個水池……在這裡騎馬奔跑……在那裡坐看落日餘暉……這是一個可以做夢的大世界，一個足以承載我們全家人大大小小願望的地方。

就是它了，我一定要買下來。

和牧場老闆修先生進一步深談，我才慢慢冷靜下來，開始思索問題。牧場待價而沽這麼久，不會是沒有原因的。當地紐西蘭人因爲社會福利制度完善，對於牧場裡辛苦的工作，接手的意願不高，就連修這對老夫婦的兒女，也不願意承繼家業。何況，紐西蘭地大物博，每個人要弄塊地，養幾隻牛羊，是輕而易舉的事，要吸引他們前來牧場來工作，難上加難。而移民當地的華人，也知道找當地工人配合不易，多採保守態度。這樣大的觀光牧場，對他們來說，反而是塊燙手山芋。事實上，牧場吸引了不少韓國觀光客，有意接手的韓國人不少，但只要深入了解，就知道牧場工作辛苦、經營不易，於是大家的態度都很一致——觀望、縮手、謝謝再聯絡罷。

有能力移民買牧場的人，大概都有一定程度的經濟能力，這些人有多少會願意放下身段、混身弄得髒兮兮、從早到晚地抓馬刷馬掃馬大便？至於我自己，因爲從小就唸軍校，身體的本錢倒還有一些，體力的工作與心理調適，都不是問題。我想只要以身作則、埋頭悶作就是，倒也難不倒我。只是，這牧場的價錢，卻讓我考慮再三。

「價錢這麼貴，怎麼不去買南島的地？」熟悉紐國當地生態的朋友們，一直這樣苦勸著我。我了解他們的用心，如果眞咬牙買下這個牧場，我不但得花光積蓄，又得背負巨額的貸款壓力。紐西蘭北島的地價，向來是南島的一、二十倍，再加上羅托魯瓦是北島的重要觀光景點，價格更是硬得殺不下來。我是不是應該量力而爲？

當然不是。我很清楚，選擇南島開觀光牧場，絕對是死路一條。南島交通不易，下雪封凍期太長，旅行團根本不會來。沒有客人上門的日子，土地人力閒置浪費，我們和馬群牛羊，大概眞的得準備喝西北風。一年四季都可以開門做生意的大型觀光牧場，恐怕，也只有這裡了。如果我要永續經營，更不能在這樣的關鍵時刻因爲保守而退縮。

天時地利人和。王家牧場——我們的新天地，就這樣誕生了。

前進紐西蘭

我和妹妹兵分兩路，她先從美國飛到了紐西蘭當先遣部隊。妹妹當時其實已經快要取得綠卡了，但我和弟弟一時之間都還無法離開台灣，了解紐西蘭當地法律稅務等責任重大的問題，看來也只能仰賴她了。她到了牧場，還得先擔任「間諜」角色，「默默地」熟悉農場業務、暗中觀察牧場活動。這是我們和原牧場主人的協議，一切買賣在保密狀態下進行，才能順利交接。

「這裡很好，韓國團的旅遊生意極佳，工作人員也都很親切、有禮貌，一切都在掌握之中，也很有遠景。」妹妹傳回來的消息一切都讓人心安，我也放了心。（雖然，親自到了紐西蘭之後，才發現事情並沒有這麼簡單……）

「移民之前要做哪些準備？要怎麼克服語言問題？要不要先讓小孩去補習英文？」英文似乎是大家都十分擔心的問題，但由於我是海軍出身，弟弟也在海運業服務，我們平日在工作上就需要大量使用英文，所以，兩人的英文能力，並不是問題。至於我那一對寶貝，該讓他們先去補習班嗎？思索後，我認爲沒有必要。小孩子自然有他自己的學習節奏，或快或慢，不是大人的主觀意願可以決定的。

當時我的兩個小朋友，兒子是小五，女兒則是小三，這一對寶貝蛋，根本連二十六個英文字母都還不會。我心裡已有了最壞的打算，大不了就是留級，讓他們多念一兩年書趕上進度。就算多作了幾年學生，所「浪費」的這些時光，也不過只佔了整個人生的數十分之一而已，紮實的基礎，卻可以跟隨他們一輩子。

大人老神在在，小孩自然也就不會緊張。只是，感傷的時刻終會到來，小孩子捨不得學校裡的好朋友好同學，讓他們著實難過了好一陣子。餘下的時間，則我們都很平靜——簡單打包（總共就三個行李箱）、準備搭機。要離家的那天終於來臨了，他們倆當成出去玩一樣興奮，還是活蹦亂跳的，機上座位空，他們還堅持要一個人一個大座位，坐在靠窗的位置看高空風景。

醒醒睡睡、打打鬧鬧中，紐西蘭就到了。出關的一剎那，兩個小朋友才意識到自己即將面對的現實，他們簡直嚇呆嚇傻了。

放眼所及，全都是洋人，說著兩人完全不懂的語言。移民，究竟是怎麼一回事，他們現在終於有點概念了。但是，我們父子三人，已經沒有回頭路。兩個小孩一邊一個，不約而同害怕地抓緊了我的手，小小的身子亦步亦趨地跟著。他們在台灣的時候，還從來沒有跟我這麼這麼親近過……

出發之前，我已經在機場預定了租車服務，領車時，我卻嚇一跳——一輛三千西西的大車！小朋友看到自然是興奮地不得了，七手八腳地幫忙把行李弄上去之後，兩個人在寬敞的車座裡開心得很，又是一陣嘻嘻哈哈，早已忘了剛踏入異國時冰冷而現實的一刻。等我安頓好轉頭看他們的時候，兩人因爲旅途疲累，已經呼呼大睡了。

「糟糕！」他們倆熟睡的小臉安穩恬適，我卻心裡暗驚——這是我第一次在紐西蘭開車，心裡不免慌張起來，尤其紐西蘭是右駕車，跟台灣習慣相反。更令人膽顫心驚的是，紐西蘭人不知是不是運動神經特別好（他們的奧運獎牌數與人口比例，是全世界最高；第一個成功登上聖母峰的希拉瑞〔Sir Edmund Hillary〕，也是紐西蘭人），每個人開起車來，都有職業賽車手的架勢，最低時速一百公里。並且平路還只是小意思，彎曲山路高低起伏落差極大，才正好見得大家的真功夫，每個人居然都可以狹路高速過彎，態勢銳不可擋。

我十三、四歲的時候，就已經在台灣開著手排車到處亂跑，所以，對自己的開車技術，一向相當自豪。想不到，一到了紐西蘭，居然成了落後隊伍的帶頭路隊長！真是太遜了……後排的紐西蘭車子，一台一台跟得很緊。但不知是他們太有禮貌，還是真的山路太窄小，不管我怎麼讓、怎麼退在一旁，就是沒有人超車。

「慢慢來，」我在心裡對自己說，困難一個個解決就是。我提醒自己依多年的海軍習慣——右側為大，不心急、穩穩當當地開，結果倒也相安無

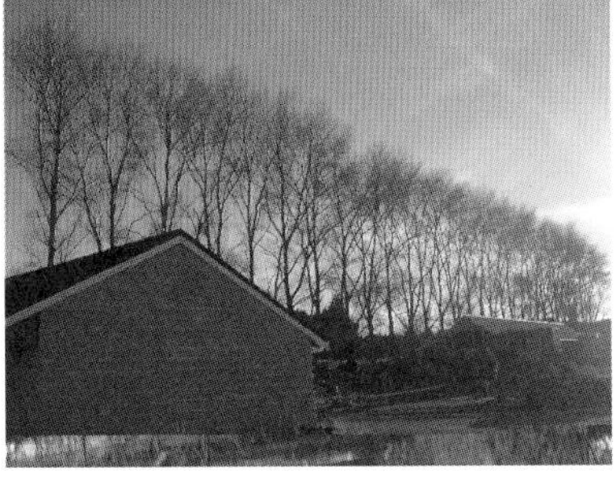

馬房外的白楊樹。

事。對於後頭緊追不捨的車群，也只好硬著頭皮裝傻。我手上抓緊了在機場拿到的免費地圖，讀著上面粗略的標示和路線指示，忐忑不安地往前駛。

憑著直覺和先前的印象，我越走越安心，越來越篤定。右邊那個在地平線上陡然獨立的小山坡，景像如此獨特——沒錯，我記得，這是往牧場上的地標、這是二十七號公路。還有路旁綠地上的牛羊，看起來就像是老友一樣，抬頭向我致意，目送我們的車子而去。一切，都是如此熟悉。我不需要找路問路，也沒有折返冤枉路，數小時之後，我們就抵達了牧場。極其順利，就像是一場不需預演的完美表現。我想，這一定是冥冥之中命運的安排，上天的旨意。

我叫醒了兩個小朋友，他們睡眼惺忪，看到眼前的景象，又是一副嚇傻的模樣。兩個人張著嘴巴說不出話來。我心裡嘀咕，這兩個小傢伙，怎麼又變笨了？可也不能怪他們，住在台北都市裡的小孩，怎麼可能想像這樣一個地方就在眼前出現？我牽著兩人的小手，定定望著數萬棵白楊樹、還有那怎麼也看不到邊界的綠地，以及成群結隊而來的馬兒、羊群和牛群。一旁狗兒狂吠不止，牧場上的洋人工作人員，也猛盯著我們瞧。

「進去吧，這就是我們以後的家。」

我鼓勵他們往前走，再一次，又是一邊一個，兩人緊張地牽著我的手，絲毫不敢大意放開。兩個小朋友小心翼翼地踏出步伐，彷彿像是客人般地客氣謹慎。其實，不要說是他們，連我自己也不能想像，這樣一個紐西蘭的曠野牧場，就這樣，即將成爲我們的家。

我的家人——包括我弟弟和妹妹的家庭，甚至還包括我年邁的父母親——一大家子就要共同生活在這個新天地。我們將要用自己的汗水和雙手，見證紐西蘭的每一個春夏秋冬。我們，就要一步步實現自己的夢想。

那是源自於一種家族團結的幸福感，如此眞實。

王家牧場上放牧的牛群。右邊遠方的人造林，是小朋友測驗馬術的地方。

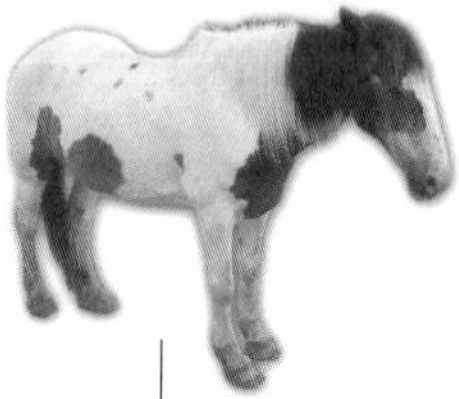

2 成為牧場的一份子

牧場初體驗

剛到牧場的時候，我們還是先跟牧場的原主人修夫婦住在一起。小朋友一看到他們的房子，又是瞪大了眼睛拚命打量——兩三百多坪的客廳，大概只有在電影裡面出現過，如今赤裸裸地呈現在眼前，實在很不眞實。

不過，我們在紐西蘭的第一夜，卻不是什麼豪華舒適的溫暖之夜。父子三人窩在一個小房間裡，兩個小孩各睡在上下舖，我則打地鋪。當時是九月，正是紐西蘭的冬天，夜晚溫度大概是攝氏七、八度左右。「你們一定需要這個吧？」修的太太好心幫我們準備了電毯和電熱器，我卻搖搖頭，只拿了熱水袋。爲了訓練小朋友儘快適應氣候，我不想把房間弄得暖呼呼的，因爲他們不可能一直待在屋內，到了外頭，還是得適應正常的室溫。現在吃點苦頭，可以爲將來作準備。

兩個小傢伙拿了熱水袋，乖乖就寢。他們也眞是累壞了。接下來，又是我的頭痛時間。兒子在台灣的時候，就一直有鼻子過敏的毛病，每天晚上總是唏唏呼呼地睡覺，到了早上，一大包用過的衛生紙在床邊就像一堆堆的紙團小山。當天晚上，我豎著耳朵，仔細聽著兒子的呼吸聲，聽到他的聲音均勻順暢，才漸漸放下心來。他終於睡得好了。第二天早上，兒子精神不錯，他長期鼻子過敏的毛病，竟然沒有再犯。

作爸爸的我，此刻突然有些感觸，滿滿地在喉嚨哽著，說不上來。也許，單單憑著健康這個因素，我把兒子帶來紐西蘭，就是一件對的事。

我們起床後，迎接紐西蘭的第一天，也準備享用在紐西蘭的第一頓早餐。但這早餐，看起來就跟外頭的天氣一樣，冷冷乾乾的，實在令人沮喪。修夫婦替我們在餐桌上準備的食物，是紐西蘭人的一般早點——水煮蛋、土司、罐裝黃豆、切片蕃茄、還有佐味的蕃茄醬——我們三個人互望了一眼，還是安安靜靜地吃完。大家嘴上不說，心裡頭想的卻是一樣的事，台灣熱騰騰的早餐，豆漿也好稀飯也好，眞是令人想念啊！

第一堂課——騎馬

塡飽了肚子，我把兩個小孩帶到牧場。第一堂課，當然是學騎馬，住在牧場如果不會騎馬，就等於不會走路。

「哇啊啊……」兒子看到兩倍高的馬身，打死也不肯上去，害怕地當場眼

牧場上的馬分當值班、預備班和放假班。圖中爲下班後，三班的馬正在集合，準備一起到草地上吃晚餐。

淚直流。妹妹還小，本來不怎麼知道怕的，看到哥哥大哭，也有樣學樣，不明就裡地跟著哭了起來。兩個小孩就這麼邊哭邊騎。牧場上的老馬個性沈穩，倒也處變不驚，載著兄妹倆繞圈踱步。妹妹最好玩，其實她根本不怕，已經騎到哥哥前頭了，還頻頻回頭看哥哥是不是還在哭，不時配合哥哥抽抽鼻子、擦擦眼淚。結果，兩個小傢伙也就這麼慢慢地從嚎哭變成了間歇性哭一兩聲，最後，索性完全不哭了。

天天上馬，很快就學會了最基礎的慢步。他們逐漸增強的自信心，敏感的馬兒也感受得到。步伐稍快的進階「打浪」——用腿部緊壓馬腹，以一站一坐的方式，配合馬兒前進時的律動——這麼困難的動作，短短不到幾天的時間，他們居然也都無師自通。我還記得，是哥哥先學會打浪小跑的，但他天生有點兒淘氣，學會了基本功，就開始出現各種怪花招。倒是小妹妹，一向較爲認眞專心，每個動作都學的紮實。（難怪後來她還可以參加馬術比賽。）

某天，當我抬頭一看，小兄妹倆一會兒功夫就騎馬跑遠了。遠遠地，我只看到小女兒的背影，正一板一眼地起身、蹲下、起身、蹲下，小屁股在馬背上不斷地抬起落下……我彷彿可以看到她那張興奮向前、全神貫注的小臉……

小女兒也很快就學會打浪、騎馬。這兩個孩子身體裡彷彿流著活潑躍動的血液，果然，他們有王家體健靈活的遺傳。接下來，不管是小跑、大跑、躍起，他們都雀躍欲試。（學會了五十西西的小摩托車之後，再看到二百五十西西的重型摩托車，當然會想騎上去試一試。）我帶領他們學會了騎馬，往後的路途該怎麼走，就是他們自己的事了。

牧場的綠屋。

「哦？摔馬啦？」有一天，牧場裡的工作人員，驚慌失措地跑來告訴我小孩摔馬了，我只哼哼兩聲，沒有摔過馬，就不算眞正會騎馬。會不會受傷？我一點也不擔心，因爲，他們只有親身經歷過疼痛，才知道如何眞正保護自己和愛惜自己。

何況，比騎馬更困難的人生關卡，已經近在眼前。

開學的第一天

九月，距離開學還有一小段時間，我們三人在牧場度過了一個禮拜左右快樂的騎馬時光。但是該來的還是會來——開學了。

早起上學去，是小學生最基本、也是唯一的行事曆，對他們兩個來說，應該再稀鬆平常不過。只不過，這次的開學有些不同，地點從台北的師院附小換成了紐西蘭的鄉下學校。兄妹兩人開始面露難色。

「爸爸，可不可以不要去？」起床的時候，兒子小小聲地央求著我。開什麼玩笑，當然不行。兄妹倆在餐桌上開始採取拖延戰術，慢條斯理、小口小口地啃著吐司麵包——這兩個小傢伙肚子裡裝什麼蛔蟲，我怎會不知道？

紐西蘭小學是九點上課，我早已告訴這兩個寶貝，一定要準時，八點半出門。時間一到，二話不說，趕人、上車、去學校。

一走下車，我們老小三人第一天來到紐西蘭時的悲情圖，馬上再度上演。兒子女兒緊緊地抓著我的手，一邊一個，大氣不敢吭一聲地走上了學校的階梯。紐西蘭學校的建築設計概念，跟台灣很不一樣，他們沒有象徵地域性的校門，走上階梯，就已經是校區了。

對這所學校來說，有兩個台灣小學生就讀，可是何等的大事（一直到現在，我的兒子女兒還是當地小學唯一的台灣畢業生），所以校長老師加上所有的學生，總共一百多人，全都在階梯旁站成兩排，列隊鼓掌歡迎我們「進場」。此等陣仗，終於在我把小孩交給老師們的時候，達到了最高潮——「哈囉！」「哈囉！」這兩個黑頭髮黃皮膚的小外國人，讓全場歡聲雷動，大夥兒高興得樂不可支。「外國人哎！外國人！」這眞是他們最有趣的開學日了。只是可憐了我的女兒跟兒子，兩個人害羞的完全不知該如何回應，頭低的不能再低地跟著老師往教室走去。

「有沒有很緊張？」第一天上學回來後，我強作鎭定，假裝若無其事地詢問他們學校裡的情況。其實心裡還是有些不安，他們在這裡，有口不能言的日子，恐怕還要好一段時間，希望第一天不至於太糟，千萬不要打擊到他們的信心。還好，兩個人看起來都很高興：「很好玩啊，每一堂課都好像在玩遊戲，只是，大家都說英文，我們都聽不懂。」小孩子的表情不會說謊，我安心多了。

倒是我妹妹很擔心小朋友的英文程度，主動幫他們安排了放學課後的英文補習。但兩人上得無精打彩、沒什麼動力，一個多月之後，沒什麼效果，也就停了下來。

後來，我才知道，兄妹兩個系級不同，一到了學校，就得硬生生分開，自力更生。兩個人只要上學，就完全沒有說中文的機會，廁所在哪裡、作業怎麼做、怎麼選課、考卷要怎麼寫、怎麼玩球比賽？……別無他法，再怎麼頭皮發麻，也只有開口說英文，想辦法和其他人溝通。即使一個單字也好，慢慢，由字成句，由句再成章，他們的雙語能力，就像一朵羞澀的小花，終究會慢慢飽滿而綻放。

約莫半年之後，他們已經可以啪拉啪拉地跟同學聊天講笑話，還會帶新朋友回家玩。有時候，我看不到人，聽到兄妹倆對話，還以爲是兩個外國小孩在聊天。怎麼就在突然之間，兩個小朋友的英文，就這樣突飛猛進了？這不是什麼語言學習的奇蹟，我想是孩子們夠大方、夠積極，再加上紐西蘭的小朋友和老師也有足夠的耐心，小孩又不怕開口說錯話丟臉的緣故。事實上他們本來就是黑頭髮黃皮膚的外國人，不會說英文，是很正常的事。我覺得，他們這段自行摸索與學習的經驗，遠比那一口漂亮而無中文腔調的英文，還更重要得多。

我的兒子是神童

紐西蘭的教育體制，對小孩子來說，絕對是新鮮有趣的體驗，對爲人父母來說，更是極大的震撼。

在剛到牧場的那一段時間，兒子與女兒在學校的狀況，我實在沒有多餘的空閒時間去了解，只有他們假日到馬房來幫忙的時候，我們才得以趁此空檔聊天。大地有休養生息的輪迴，學習當然也有高低起伏。「慢慢來，」我都是這樣告訴兒子女兒的。然而，卻有這麼一天中午，正當我奮力掃著馬大便的時候，電話鈴聲響了。

「王先生您好，我是校長……」校長居然親自打電話來？兒子是不是闖禍了？我的心臟跳得厲害，到底是發生什麼事？

「王先生，我必須親自跟您說一聲，您的兒子David眞是個天才！是我們學校的典範！」我兒子在台灣幾斤幾兩重，作爸爸的豈有不知的道理？被稱讚爲神童，還眞是破天荒的第一次。頓時我心中突然漾起一種奇怪的感覺，有點虛榮、飄飄然又不太眞實。我的小孩連英文都還不見得說得好，爲什麼在轉眼間成了老師口中的天才？

當下我沒有辦法再做任何事（天下父母心，聽到校長這種讚詞，誰能不心花怒放？）盼呀盼等呀等，終於等到兩個寶貝蛋從校車下來，兩個人還是一樣一路打打鬧鬧，推來打去的。眼前這個戴眼鏡的小男孩，左看右看，怎麼也看不出什麼神童的風範。

「你今天在學校到底怎麼了？」我趕緊上前問個究竟，「爸爸，我不知道你在說什麼？」兒子看來完全沒有進入狀況。

「校長今天打電話給我，他說你是神童。」兒子恍然大悟，「那個呀？沒什麼啦！」

原來，當天有一堂數學考試，紐西蘭老師發考卷是從中排先發，再往兩旁傳，寫完的學生，只要作答完畢，就把考卷丟進掀桌式的抽屜裡，表示已經交卷。神童事件，就是這樣發生的：有人考卷還沒拿到手，我兒子居然就已經掀桌交卷，啪拉一聲震驚全班。大家都對他投以憐憫的眼光，心裡想著：「好可憐，David英文不好，一定連題目都看不懂吧。」

結果成績揭曉，他是全班唯一考滿分的學生。

「唉喲，爸爸，那根本沒什麼。」兒子慢條斯理地說，「今天最難的一題，是九乘九等於多少而已啦。」

這樣就可以變成紐西蘭的天才兒童？我突然覺得，自己的小孩前途無望，我居然把他帶到了這樣的鬼地方來——十歲的紐西蘭小孩，居然連九九乘法都還不會？然而，我卻怎麼也想不透，這樣一個國家的科學成就，竟可以躋身世界之林？

一定有它的原因罷。

看來，對這個國家、對王家牧場、對我的寶貝孩子，我們應該還有更多的驚喜，可以期待。

這是靠近紐西蘭南島瓦那卡（Wanaka）區巴加山（Mt. Barker）的一個地方，
金黃色的平原被白楊樹圍繞著，零星的乾草包點綴其中。

3 夢想背後的現實，牧場上的魔鬼訓練

「王先生，可不可以幫我們拍張照片？」當然好。在王家牧場的馬房前，有一台漂亮又古典的馬車，來這裡騎馬的旅客，不管是亞洲人還是西方人，大家都喜歡坐在蓬車裡照相留念。

「親愛的，妳喜不喜歡這裡？以後我們也來開一家牧場吧！」一對從澳洲來的夫婦，正在幫他們的寶貝女兒拍照，看著這片美麗的景色，他們一時心有所感。的確，相較之下，澳洲不但氣候悶熱，地形也較單調無趣。根據那位太太的說法，澳洲是土褐色的國家，不像紐西蘭，不是清藍的天，就是整片奢侈的綠。住在這麼宜人的地方，實在太幸福了。

「這裡的地，應該也不會太貴，到時候，只要買塊牧地，養一些馬，我們就可以跟王先生一樣，每天悠閒瀟灑地在牧場裡騎馬了。妳說好不好？」男主人看來經濟狀況不錯，他回頭跟我微笑致意，我也跟他點頭。

祝福他。如果，他可以忍受每天早晚不停、累到手腳發軟的工作；如果，他願意讓孩子身上總有著糞便與泥土的混合氣味；如果，他聽完了我們剛到這裡時所發生的點點滴滴，還願意買下牧場——那麼，我更願意祝福他們。

Bob，員工全走光了

王家的下一代在學校裡努力，我，也得在牧場裡，爲王家的生活奮戰。

其實，剛到牧場的第一天，就已經出現了一些不正常的徵兆。牧場原來和善親切的工作人員，言談間開始吞吞吐吐，神色怪異。「Ann（我妹妹的英文名）的哥哥怎麼也來了？」他們私底下不安地揣測著。我不但自己來了，還把一對兒女也帶來，再怎麼搞不清楚狀況的員工應該也恍然大悟——這家人不是來玩玩度假而已，是攜家帶眷要來定居的，牧場，馬上就要換人經營了。

「Bob（我的英文名），你之前是做什麼工作的？」終於有人開始試探，我也老實爽快地回答他們。「什麼？你是海軍！」海軍轉作農夫？分明是個大外行、又是個外國人，居然這麼天不怕地不怕。底下員工開始竊竊私語，每個人的工作情緒都大受影響。他們認爲這家牧場鐵定是完了，每個人都開始準備要三十六計走爲上策。

其實，我並不會怪他們，當時紐西蘭的外在環境相當不利，全面性的經濟衰退，不管是肉品還是羊毛價格都嚴重下挫，一向偏低的農業補助政策，更是讓當地畜牧業者雪上加霜。「百分之八十的專業牧場，恐怕都會倒閉。」當時的報紙，曾經出現這樣驚人的標題，但這對當時的紐西蘭農民來說，絕對不是危言聳聽。

風聲鶴唳，就算不是換人經營、就算不是由一個軍人門外漢來接手，牧場上所有的工作人員，也早就蠢蠢欲動。更何況，紐西蘭人的工作忠誠度本來就不高，能在同一個單位工作兩三年以上，已經是職場奇蹟，一年換五六個工作的，更是大有人在。並且，紐西蘭有良好的社會福利制度，就算是失業，也不會構成什麼活不下去的可怕壓力。

牧場工作是非常耗體力的，廣闊的草原上，小小的人形一下就會消失在盡頭，然後不一會兒又出現在另一邊。我們經常要從這頭跑到那頭。所以，在連續工作一段時間之後，我們都會有上午茶與下午茶時間，讓大家稍作休息，補充水分，同時聊聊近來羅托魯瓦的大事小事。沒想到，才只不過幾天而已，現實的殘酷無情，居然就讓這休息聊天的優閒景象，完全走了樣。

上午，才有人在一旁聚著喝茶，神秘兮兮地低聲說話，下午茶的時間一到，那幾個人居然就火速閃人、從此不見蹤影。起初，我還沒有注意到，以爲他們只是暫時請假。還是原牧場主人修先生好意提醒我，我才驚覺到這波離職潮的嚴重性。

最可怕的那一天——也就是最後一天，所有人都走光了，我卻是最後一個知道的。

「咦？人怎麼都不見了？」有天下午我進了馬房，才赫然發現，替觀光客備馬的重要工作，居然都沒有人做。大家是忘了進來嗎？還是怎麼了？這時候，才有個員工跟我說，「人不是不見了，是都走光了。」大家慢慢地無聲消失，一切，眞像是一場急性傳染病，完全無法預防、完全無能爲力。不到十天左右，這個眞實人生版的大風吹遊戲，就在我面前丟下一個令人錯愕的驚嘆號。

我的移民夢和牧場夢，怎麼一開始就這樣地波瀾洶湧？

從來沒有在紐西蘭見過夜晚的人

別人不想幹了，可以拍拍屁股走人，我怎麼可能摸摸鼻子回台灣？工作再怎麼吃重，還是得做。還好，我有不錯的好鄰居幫忙，暫時可以分擔部分工作。但是，主要的工作，還是得自己硬著頭皮接下來。紐西蘭的夏季日照時間很長，從早上五點天亮，一直到晚上九點左右才天黑，這將近十五個小時的白天時光，每一分鐘都是我寶貴的工作時間。通常，我是在六點半左右起床，這時太陽早已高掛天空，等到工作結束，則已經是晚上七點多。洗澡吃飯後，我就立刻累癱躺平、呼呼大睡，這時候差不多是晚上八點半，紐西蘭根本還沒有天黑。

這是我的震撼教育，剛到牧場，我就被迫成了一個「從來沒有在紐西蘭見過夜晚」的人。

一分鐘抓一匹馬

觀光牧場的重點工作之一，就是一大早把草地上所有的馬匹趕到馬房，然後，在數十匹馬中，挑出合適在當天值班的馬，把牠們帶出來，作好準備、上馬鞍。此外，我們還要留心馬兒的健康狀況，被曬傷的馬匹，要幫牠們塗藥（藥膏很涼，塗上之後很不舒服，馬兒總會百般不情願地扭動身軀）。天氣太冷，還要幫牠們加毛毯、加衣服。如果手忙腳亂之後，還能有一點點的空檔，就要趕快清理這些馬大爺三不五時拉出的大團馬糞。除此之外，原來羊群牛隻

工作人員正在幫曬傷的馬兒塗藥。

每匹馬有自己專用的韁繩。

的照顧，當然也不能少。想到這裡，我的心中陡然沉了下來，六百畝的綠色牧場，既是我們的夢想，卻也是我們的重擔。如此遼闊的綠色草原，會不會就在我們手上成了荒野？

還好，上帝就算關閉了所有的門，也還會留一扇窗。當所有的員工都離開牧場的時候，有一位十七、八歲的小胖妹留了下來，不知道她是眞喜歡這份工作，還是暫時找不到其他出路。總而言之，她成了我工作上的導師，幸虧當時她待了下來，否則，我還眞不知從何開始。

每天早上八點，我就應該把草地上的馬兒陸續趕回馬房，並且這時要眼觀四方，仔細觀察每一匹馬的身體狀況——有誰腳受傷了、又有誰是被鐵絲刮到了……如此一來，等到進馬房要選馬的時候，心裡才有個底。以前大夥還在，每個人可以慢條斯理地工作，手上抓著兩條韁繩，氣定神閒地慢慢選馬。但現在只剩下小胖妹跟我，卻仍然只有短短的半個小時可以作業，時間一到，觀光客就進來了，我們要抓的馬匹數還是一樣、還是得替牠們安好韁繩，怎麼辦？

所以，平均一分鐘抓一隻馬？演出超級快動作？

人的潛能眞是無限。我和小胖妹兩個人，發明了新的雙人工作流程——兩

上馬銜、固定韁繩。

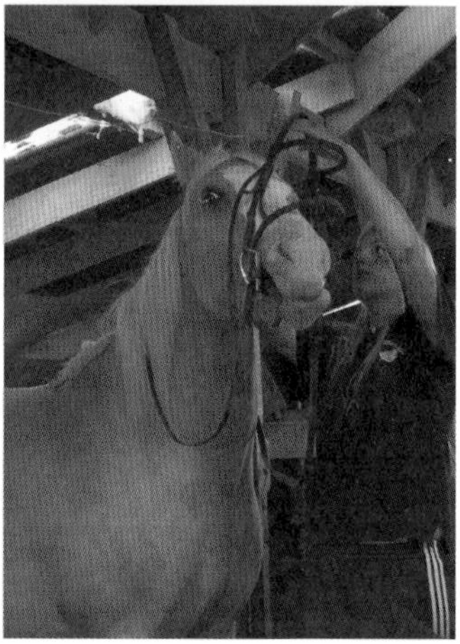

人手臂上各放十副龍頭和韁繩。如此連我這樣一個大壯漢都嫌重，也眞難爲了她。但是，這還只是第一關的體力考驗。第二關呢，則需要腦力，由於每匹馬都有自己專用的韁繩，所以，我必須在最短的時間內發揮超強的記憶力與聯想力——一看到某一副韁繩，就得立刻反應，知道那是屬於哪一匹馬的配備。

把所有的馬匹趕進馬房後，我們就開始挑選當天的「値日馬」，並找出牠們的韁繩。接著，工作馬上進入最高潮——我們得衝進馬群中作業，以最快的速度將韁繩與馬匹對位，打開牠的嘴巴上馬銜、固定韁繩。這時候，萬一被馬兒的牙床或頭撞到，就會像被人用拳頭重擊一樣疼痛，要是這匹馬的動作太大，其他馬兒還可能會踢腿抗議，這時倒楣的又是自己了。上好了所有馬兒的韁繩，還必須將其他沒輪班的馬匹先趕到一旁，然後快速刷馬、上馬鞍……早晨的備馬作業，才算大功告成。稍微喘口氣之後，如果早上客人不多，我們接下來的工作便是拿起掃把，清理剛才馬群留下的大量排泄物，把它們通通鏟進推車裡，一車一車地運出去。

這些工作乍聽之下簡單，眞正動手去做的時候，才知道不是那麼回事。對馬略有認識的人都知道，站在馬屁股後方是安全上的大忌，因爲馬兒萬一受到驚嚇，後腿一蹬，重傷出人命也都有可能。而那麼多高大、精力充沛的馬匹擠在小小的馬房，簡直就像是高磅數的不定時炸彈！當時的我，走在馬群裡，眞的是膽戰心驚。

但是，工作時間緊迫呀，那

這是小Twid，牠的額頭、眉毛和鼻頭三處各有一個黃色斑點。

顧得了什麼大忌？不能站在馬後面？馬房這麼擠，到處都是馬屁股啊！馬尾巴就甩啊甩地，打著輕快的節拍，不停地掃在你身上，那種「馬擠馬」的狀況，大概就跟我們去華納威秀看電影的進場狀況差不多。

馬馬不相同

還有更困難的呢，馬兒長得這麼相像，該怎麼認馬？

我不知道小學老師可以在多少天之內認出所有的學生，但是我知道，我只有幾天的時間，要認識牧場裡所有的六、七十匹馬。同一匹馬，不能連續值班，牠的身體會太疲勞，情緒也會受到影響。客人如果乘坐狀況不佳的馬，就可能會發生危險。問題來了，我們人有超級明星臉，馬匹當然也是。分辨馬匹，第一是看顏色。因此，對我來說，難度最高的，就是認白馬了。其他顏色的馬，不管是在臉上、四肢或尾巴上，總會有一些特徵，可是白馬乍看之下，就是全身白茫茫一片，要如何認呢？一看再看，我終於知道了技巧，其實馬跟人類一樣細膩，重點就是辨識牠們的眼睛瞳孔，甚至注意牠們的鼻子上是不是有小痣或斑點。

此外，馬也跟人一樣，個性各有不同，也有那種不離不棄的一群死黨。牠們固定的行爲模式，也就成了我認識牠們的重要線索之一。有些馬兒，個性就像習慣逃學的孩子，一看到人走近過來，就揚揚馬尾巴、調頭、偷偷摸摸地離開。還有的極其偏執，一進了馬房，就會往固定的角落移動——牠們會有自己喜歡站的位置，而且一定是跟好朋友在一起，彼此之間宛如有著隱形的絲線相連，總是亦步亦趨。所以，有時候，萬一我找不到某匹馬，只要看看牠的朋友在哪兒，也就八九不離十了。

馬兒可以當好朋友，當然也會有爭風吃醋的時候。有一陣子，一匹母馬的身旁總是同時有兩個護花使者出現，成爲形影不離的三人行。要是當天女主角當班，兩匹公馬沒有獻殷勤的必要，絕對是打死不相往來。另外，還有一組老當益壯的「三人行」老人幫，是三十五、六歲的超級老馬。到了這個年紀，牠們早已經不用工作，只是吃吃東西，悠閒地散散步。有一天，其中一匹老馬過世了，另外兩個尚稱健康的老馬朋友，察覺到異樣，竟然也在一個禮拜之內，相繼地離開。令人感傷，也頗令人稱奇。

馬匹之間的互動，是比人類的情感還細膩的「堅固柔情」。所以，我們在選擇馬匹分班的時候，會儘量把好朋友分在一起，可以讓牠們工作時，個性更爲穩定。有幾次，我們把好朋友馬群分開工作，結果雙方都忐忑不安。當班的馬匹頻頻回頭張望；被圈在休息區的好友，則是拉長了頸子，眼神迷離，一副就是「我的好朋友怎麼不見了？」的樣子。等到當班的馬回馬房休息，好朋友們還會交頭接耳，「怎麼樣？辛苦了吧？」「還好、還好。」彼此的嘶鳴聲，似乎正傳遞著友愛的訊息。所以，只要馬匹數足夠，我們絕對不會讓好朋友們落單上工。

Milky和Qubec哥倆好。牠們是「土狼幫」（來自陶波湖的吐朗奇）的馬。

草的學問真大

除了準備馬匹，牧場上其他牲口的照顧，也馬虎不得。修老先生可能是故意要磨練我，所以讓我一切從頭幹起。早上一起床，他會替我準備「早餐」—

—紅茶一杯。「Bob，你要濃一點的紅茶？還是要淡一點？」起初，我還眞以爲他的紅茶有什麼玄機，「淡茶好了，謝謝。」結果，修老先生只把茶包放在熱水裡很快地浸了一下。「這次濃茶，謝謝。」修老先生還是把茶包放在熱水裡，快沾兩下。所以，所謂的「淡茶」，就是快沾一下，「濃茶」是沾兩下。濃淡之分，原來就只是那麼一下的差別而已。

開始在牧場工作之後，我漸漸明白熱紅茶的功效，這是迎接一天的開始時不可或缺的儀式。只要熱紅茶一下肚，整個胃就暖了，人也會跟著振奮有精神。喝完熱茶水，就可以準備工具幹活去。如果大家以爲所謂的牧場主人，總是帶著寬邊帽、瀟灑地騎馬巡視牧場，那可是一種浪漫的錯誤。事實上，我的標準配備是這樣的——六十多公分的高筒雨鞋、一根大圓鏟、破破爛爛的衣服——這才是我在牧場的眞實面貌。

這種打扮，當然有原因。紐西蘭的雨季來臨時，氣候可說一日多變，一天可能下十來次雨，但陽光毫不相讓，總也會出來個十來次（所以在這裡經常可以看到彩虹），彷彿天天時時都在洗三溫暖。在這樣的狀況下，沒有人會頻頻穿脫雨衣工作，太浪費時間。那麼，下雨的時候怎麼辦？一句話，淋雨就是！

只不過，在紐西蘭淋雨可是一點也不浪漫，這裡山區的雨勢猛烈帶勁，滴滴雨落有如刀口痛切，在不到十度低溫下的雨天，大家都是咬牙發顫地工作，只有流汗、只有勞動，才能眞擋得住天氣的嚴峻考驗。

六點出門，牧場主人修老先生就開始了魔鬼訓練。他自己只不過拿了一把外頭賣的普通木柄圓鏟，卻給了我一把十二、三公斤重，跟人一樣高的手工打造鐵鏟，前頭的鐵耙梳，鋒銳得幾乎可以傷人。我猜自己拿這把鐵鏟的模樣，就像是《水滸傳》裡的魯智深再世。早上的草地，本來就因爲露水而濕滑難走，如果再加上下雨，很容易就在爛泥裡跌個四腳朝天，走起路來眞是舉步維艱。還好，這時候，鐵鏟就可以發揮妙用，夠沈夠重，還可以撐得住我這個現代魯智深。

六點開始，一直到八點備馬之前，我和修老先生有兩小時的時間可以剷野草。野草這種東西，野火燒不盡，春風吹又生。我是怎麼也想不透老先生的心思，現代科技如此發達，只要自己背著除草液，或者開車自動噴灑除草液，就可以解決，爲什麼還要用這種人工的方式除草？後來我才了解，像修老先生這一代的老農人，觀念都是能省則省，勞力可以完成的事，絕不浪費農藥。

師父領進門，我才發現這種傳統方式自有其道理。牧場裡的丘陵地高高低低，若是開車噴灑除草液，有許多死角根本到不了。一步一腳印，在修老先生的教導下，我很快學會分辨什麼是雜草，而有些種類根本不能碰，越剷會越茂盛。牧草更是大有學問，牲畜各有各的特殊品味，某一種牧草是羊群的最愛，可是馬和牛卻是興趣缺缺，根本連碰都不碰。

「經營牧場有什麼難的？長草就讓它長，哪需要本錢？」來到紐西蘭之前，我也跟大家一樣輕鬆樂觀。到了牧場之後才知道，原來每一根青翠的牧草都是體力與金錢換來的代價。如果沒有踏上那每一吋土地，根本不知道除了要施肥除草，還要注意不讓雜草喧賓奪主；每隔六、七年，還必須把這數十萬坪的地重新翻土，淘汰粗老牧草、重新植入嫩草；聖誕節左右，則要忙著收割牧草、脫水後用膠膜壓縮，製成發酵乾草包，讓牲畜安心過個不愁溫飽的寒冬。

給家人的見面禮——重量訓練

這一大包一大包的乾草包，可以說是動物們的冬日存糧，差不多就等於是我們的泡麵。不過，我們是暫時解飢才會吃泡麵，但是這些乾草，卻是動物們唯一的食物。能不能讓牠們好好吃飽、順利度過嚴寒的冬天，就是牧場主人的責任。眼看著，冬天即將來臨，牧場人手還是不夠，還好，王家的其他成員，陸續報到。我太太來了，弟弟與弟媳也來了，大家一到了紐西蘭，不分男女老少通通開始重量訓練——扛乾草包。

這種粗重的工作，女人得當成男人用。太太和弟媳妯娌兩人，個頭都很嬌小，她們在台灣都是坐辦公室的小姐，沒想到到了紐西蘭，卻得咬著牙，開始做起男人的工作——合力扛著二十五公斤的小包乾草包（hay），一包一包地打開、弄

牧場上的寵物羊，多是幼時被羊媽媽棄養的羊。

鬆，餵食牧場裡的馬、牛、羊。我和弟弟兩個大男人，則要扮演苦力，負責處理那二百公斤一包的大型乾草包（silage），我們先得要用起重機把那大圓餅夾起來，再把它搬到小車上。兩個人搬這些東西，經常弄到手臂癱軟、止不住地抖動。這些大型乾草包，耗盡我們的體力還是小事，要是一個閃神不小心，一個偌大的人就可能被它壓傷。這可不是開玩笑的，每天，在紐西蘭，總有幾個農夫被這大草餅壓中，結果不是癱瘓，就是沒了小命。

剛出生的小羊。

動物保姆

牧場的動物孕育健康的下一代，是牧場永續經驗的重要基礎之一，我們當然不可能置身事外。有一次，一隻可憐的母牛難產，小牛胎位不正，四隻腳先露了出來，頭卻還陷在媽媽肚子裡，母牛痛苦不堪。我的弟弟和弟媳，只好硬著頭皮當起臨時蒙古大夫和接生婆；一個人跑到母牛面前，設法將牠的注意力引開，然後，再偷偷用繩子套住小牛的小腳，看準時間，在母牛還沒有暴怒之前，使力一拉——小牛終於順利誕生。

此外，每年一到了羊兒的生產旺季，往往在一兩個星期的時間之內，牧場裡就多了好幾百隻的小羊——有的體弱，有的是被羊媽媽遺忘了——這些可憐的小羊，我們都得一一檢回來，抱著它們依偎在火爐前保暖，除了餵奶，還要幫忙餵威士忌，以免牠們失溫。王家的小孩也不能置身事外，年紀小小就得當起動物保姆，並且這不是玩洋娃娃的扮家家酒遊戲，更開不得玩笑，這些小小羔羊還能不能咩咩叫，就看他們的責任心了。

小朋友除了要照顧小羊，有空的時候，也得到馬房裡來幫忙。我經常開玩笑，王家牧場裡年資最深的馬房員工，就是這一對小兄妹了。兩個小矮子童工，在高大的馬匹前刷刷弄弄，認眞的模樣有趣又叫人心疼。

幾次我看著女兒的雙手，因過多的勞動而過早出現的粗糙皮膚，心裡總是充滿了歉疚。現在的她，其實，也才不過是個青春期的孩子而已。

也許也因爲如此，比起同齡的孩子，我的兒子與女兒都很乖巧。經常有人問我爲什麼，其實，只要仔細看看就知道，王家牧場裡的所有成員，從來不會有人閒著，就連老奶奶還在世時，也會主動幫忙餵雞。早已退休的父親，更是一天到晚幫忙檢查機件、維修汽車。沒有人願意閒著，也沒有人敢閒著。因爲，每個人都清楚，我們一到紐西蘭，就沒有回頭路了。我弟媳說得好：「大人的辛苦，小孩子都看得到，這是基本的同理心，也是我們家族的向心力。」

現在，回想起我們剛到紐西蘭的日子，回想起那些不告而別的離職員工，有時候，我突然很想好好感謝他們，是他們讓我們王家每一個人，被迫接受這些魔鬼訓練，也讓我們提早進入狀況，成了畜牧專家。

我，更是特別感謝他們，讓我在剛到紐西蘭的兩個月之內，強迫減肥而瘦下了二十五公斤。

騎馬繞行牧場一週的最後終點，到這裡，小朋友就要準備下馬了。左方的古典馬車是觀光客的最愛。

4

經營甘苦自知，牧場見人生百態

金融風暴，牧場大失血

由於韓國旅行團的出團量大，因此，修老先生先前主要經營韓國團的生意，成績還算不錯。雖然大部分旅行團的行程，多把我們列爲自費活動，但是大家普遍的反應都很好。只是，這樣仍有隱憂，自費活動是否參加，其實還是取決於旅行團的領隊，所謂的「酒好不怕巷子深」，恐怕並不適用於我們這個行業。牧場再怎麼有特色，若是沒有領隊的推薦與介紹，大家還是不知道王家牧場在哪兒。所以，適應了牧場的工作之後，我開始積極苦思轉型之道。

王家牧場做得好不好？我們比其他所有的紐西蘭牧場更早上工、更早備馬、更早一步想到客人的需要。「請問你們就是這家牧場嗎？」還曾經有韓國客人遠道而來，只帶著朋友先前來玩時所拍的照片，就這樣一一對照著牧場上的牧羊犬、野豬和工作人員。「就是這裡！」他們說到紐西蘭的目的之一，就是爲了享受王家牧場的自然風光。我們深受感動，因爲努力終於被看見，也建立了口碑。

但是，還有沒有可能跟旅行社進一步合作，將王家牧場規劃爲他們的固定行程？不久，我的想法和努力，終於有了突破。韓國人民不論男女老幼都喜歡騎馬，我們的牧場騎馬活動，引起很大的迴響。再加上幾家韓國大型旅行社終於將王家牧場列入了固定行程，甚至還希望在牧場裡用餐，更增添不少商機。

然而，悶頭苦幹，卻不見得有相等的回報。

正當情勢一片大好的時候，一九九七年的亞洲金融風暴悄悄來到，不但吹垮了東南亞，位於邊陲的紐西蘭，一樣措手不及。「風暴」兩字，絕對不是形容詞，那是一種讓人身陷狂亂卻無能爲力的恐懼。在它快速而凌厲的砍殺之下，這個美麗的國家，也被摧殘得一片狼籍。

當時我印象最深刻的幾個例子之一，是某位曾擔任紐西蘭旅遊工會理事長的老闆，他的旅行社規模可說是全國數一數二，幾乎來自世界各國的旅行團，都會與他接頭。但是風暴來襲之後，餐廳、交通、飯店這些支出，都得要付現金，他突然週轉不靈，也只好應聲倒地，引起全國震撼。連龍頭老大都如此，何況是旅行業的其他中下游？

就連我們所在的羅托魯瓦，也是風聲鶴唳、草木皆兵。羅托魯瓦是紐西蘭第一大觀光都市，先前因爲接韓國觀光團的生意，所以有許多韓國商店因應而生，走在市區，一抬頭就可以看到寫著韓文的招牌。然而當時金融風暴的衝擊太太，不管是餐廳還是紀念品商店，幾乎全都被迫關閉。甚至還有位韓國太太，只是早上去超市買個東西，回來就發現家裡人去樓空——老公不聲不響地跑路去了，只把龐大債務和幾個孩子，留給了她。

風雨前的寧靜與富足，相形之下，更令人唏噓。在金融風暴發生之前，王家牧場曾經創下一天接待八台巴士的紀錄。一台巴士是四十五人，換言之，曾經一天接待過三百多人次。然而，風暴來臨，短短兩個禮拜之內，牧場賴以維生的韓國觀光團，突然間消失得無影無蹤，連一個韓國客人都沒有。整個牧場一片空寂，安靜得讓人害怕。

先前牧場裡忙碌得不可開交的景況，反而是讓人想念的幸福。

幸好，當時我們已接上了台灣旅行社的生意，一個星期也能接待個兩三團，多多少少彌補了一些流失的韓國客人。自此，王家牧場在台灣市場的知名度逐漸建立起來，牧場也不至於因爲這一場風暴倒閉。開源之外，我們也只好儘量節省開支——馬房裡原來請了六個人，縮減到兩人；餐廳的領班本來手下有三、四人，最後只得全部請走；農場的工人，也是一人不留，養牛養羊之類的工作，全部改由我和弟弟一起動手。我的兒子女兒當然也沒閒著，他們雖然不知道狀況有多麼危急，但是大概也嗅出了些許詭譎的氣氛。

上帝送暖來敲門

事實上，我們的狀況，比孩子們所想像的還更糟糕。

剛到紐西蘭的頭三年，我們除了要摸索營運模式之外，還要負擔沈重的貸款利息，本金根本沒辦法還。什麼是軋頭寸？什麼是看著時鐘滴滴答答地如炸彈倒數一般、到了三點半就爆炸？什麼是「一文錢逼死英雄漢」？我終於在異鄉嚐到了這樣的滋味——今天就要付錢出去，但身上一毛錢都沒有。借錢，更是想都不敢想。家裡的錢已經全部投資下去，根本不知道還能跟誰借，要怎麼借？有生以來，我第一次想到「死」這個念頭，一死也許眞能百了。因爲，我眞不知道接下來該怎麼辦，付不出錢，究竟會發生什麼事？

就在這個時候，奇蹟出現了。阿根廷足球明星馬拉度那有「上帝之手」幫他進球，我居然也有「上帝的信差」，助我安度難關。

平常紐西蘭的郵差都是上午八點半左右來一次而已，下午不來。但是，就在我爲籌不出錢而感到萬念俱灰的下午，他居然又來送了一次信。我聽到郵差的聲響，耳朵不由自主地豎尖了起來，他送什麼過來？我衝了出去——眞令人興奮，裡面，是一張讓人感動落淚的即期支票！「好險啊！」因爲緊綳而幾乎要跳出來的心，突然間立刻鬆弛了下來。我整個人癱坐在台階上呑雲吐霧，享受我人生中最暢口最舒服的一支煙。

這樣讓人嚇出心臟病的恐怖經驗，大家可能以爲是什麼天文數字的一筆錢，其實並不多，大約台幣五、六萬塊而已。眞的，連這樣的數額都無法順利周轉，這，就是當時的王家牧場。

同樣的狀況，還出現了兩、三次。但有了第一次經驗之後，我開始不再那麼緊張，反而有一種奇怪的預感：郵差一定會出現，他一定會帶著一張救命的信箋，幫我解決燃眉之急。這一連串的神奇經驗，對我影響很大，此後我願意相信「柳暗花明」，絕不相信「山窮水盡」。我沒有信教，也不知道這個神秘的力量來自何方，但是我有信心，只要需要幫助的時候，未知的上方的「祂」，一定可以讓我度過每一次的難關。

牧場裡的怪客

牧場裡的騎馬活動，總是吸引各路人馬。因爲接待各國客人，我們彷彿站在一個世界的觀景窗前，看著每個國家大不相同的民族性，彼此形成了有趣的對比。日本人大都謙恭有禮，看到人一定會主動打招呼，對於公物的使用也很節制而不浪費；韓國人則與台灣人的性格比較接近，團體活動時都比較大聲，比較自我。

至於大陸同胞，更是令人刮目相看。在大陸還沒有開放紐西蘭觀光之前，能夠來紐西蘭的大陸人，大都是些特殊階級——不是公家單位出國考察、商務招待，就是公費留學的人。這些人大都頗有一些財力，但，其中有一位，也太誇張了，這一輩子，我第一次見到電視劇裡土財主的角色，活生生地出現在我眼前。

幾年前，有一個大陸團來牧場參加騎馬的自由活動，他們興高彩烈地上馬、出遊。最後，到了要付錢的時候，我親眼見到這位大陸同胞，拿出了一個沈甸甸的布包，小心翼翼地打開，我也屏息以待地盯著。

誰知！突然「咚」的一聲，其中一大把美金就從布包裡掉了出來——掉在鋪了地毯的地板上，竟然還能發出聲響！可以想見這裡頭的現金有多少了。此時不僅是他尷尬，我更是不知該是幫忙撿，還是讓他自個兒拾起？

接待泰國王室

除了荷包滿滿的大陸土財主，我們還接待過一組難忘的客人，泰國王室。

泰國王室的陣仗不小，先前的聯絡往返已經是大費周章，爲了安全問題，他們還坐專用飛機來到牧場。除此之外，王室想製造浪漫氣氛，更指定要在白色帳篷裡面用餐。於是我們向隔壁的農家商借降落的草地，以免直昇機降落時嚇到馬匹，然後，再以專車來回接送。這些王公貴族，果然氣勢不凡，直昇機平均五分鐘起降一次。除了接待他們騎馬，我們還要忙著在帳篷裡搭起臨時的廚房煮大餐。酒足飯飽之後，他們心滿意足地離開，又刮起一陣草地旋風。直到這個時刻，我們才大大地鬆了一口氣。

「王子來我們牧場哎！」我逗女兒，問王子有沒有看上她？「才懶得理他，黑黑小小的，有什麼帥？王子又沒什麼了不起！」女兒當天忙進忙出，累得要命，居然根本沒把這些貴氣的客人放在眼裡……

一群準備剪羊毛的綿羊。左側小屋是剪羊毛的地方。

隔行如隔山的旅遊業

亞洲金融風暴帶來的震撼教育，讓我下定決心，要好好開拓家鄉的市場。萬事起頭難，我回到台灣之後，才發現比我想像中困難的多。

回台灣的第一天，我一家旅行社也不認識，只好用最笨的方法，打一〇四問每一家旅行社的電話，查到了電話之後，再一家一家問，「請問你們有紐西蘭行程嗎？」

短短一個星期的拜訪行程，更是讓我冷汗直冒。我好像是台灣旅行業的外星人，「wholesaler」、「直客」、「local」、「靠行」……等等這些專業的術語，我完全聽不懂。有一次，我去拜訪一位旅行業的老前輩，他用行話問我，「你的wholesaler net價格是多少？」我當場楞在那裡，明明這兩個單字都聽得懂，可是連在一起，就是不知道什麼意思？前輩看出我的窘迫，好心改用中文問我，「那你的直客價是多少？」我經常在這樣邊問邊學的過程中出糗，現在想起來，仍覺得不好意思。

我是軍人出身，性格向來直來直往，對於商場上的習慣與修辭，花了很久的時間琢磨，卻還不見得抓到了什麼要領。所以，往往只能儘量把自己的本分做好。所幸，王家牧場獲得了不少肯定，在最後一屆的金質旅遊獎（旅遊品質保障協會所主辦）中，入圍紐西蘭行程前三名的旅行社，都不約而同將王家牧場列為精彩壓軸。光是這一點，就已經是我們努力成果的最好鼓勵。

只是，在這一行學得越來越多，我卻越來越茫然。經營了這麼久，總覺得還是不夠踏實。當初來到紐西蘭，除了溫飽之外，總還想要追求一些其他的東西。什麼才是眞正的終極目標，我，還沒找到了答案。

最好的回饋

王家牧場有一些特殊的老客人，他們是來自日本的殘智障學生團體。

七年前，也就是我剛到紐西蘭的第二年，他們這個團體，發想了一項計畫：送出三百五十名學生，到紐西蘭進行騎馬的校外教學活動。紐西蘭有上百家觀光牧場和馬場，當初他們第一次舉辦的時候，不知道該找哪一家合作，雖然透過了當地的旅行社詢問，然而茲事體大，也沒有人敢大拍胸脯保證，所介紹的牧場品質一定合於日本人的嚴格要求。

於是，日本人根據規模和口碑進行了初步的篩選，校長和老師還在行前先到紐西蘭進行考察，挑出四家業者進行合作，當然，王家牧場也在名單之列。回去之後，曾經參加活動的學生與陪同的家長進行了評鑑，作爲下一次挑選的標準。到了第二年的時候，合格的牧場只剩下兩家，王家牧場是其中之一。到了第三年，王家牧場成了唯一的選擇。之後，他們還是每年一板一眼地來考察評鑑，我們仍是每年唯一的合作牧場，一直到現在。這項榮耀，始終是王家牧場最大的驕傲。

王家牧場能夠脫穎而出，我想，除了因爲我們有日本籍的工作人員，解決了語言溝通的問題之外，我們的休息區及浴廁等設施，也都有無障礙空間設計。此外，除了騎馬活動，牧場還能提供其他的觀光資源，可以讓這些孩子親近大自然，與溫馴的寵物牛和寵物羊一起玩耍。最重要的是，我們全心全力地照護這些孩子——這每年三百五十名身體狀況特殊的小客人，需要特別細心和額外的照顧，他們有的必須坐輪椅、有的重度癱瘓，像這樣的小朋友騎馬時，必須要有三個人在兩側及前頭隨身照顧，以確保安全。而我們一定隨時都有充足的人力，可以保護孩子。

「爲什麼這麼大費周章？他們身體不方便，還逼他們騎馬？」也許有人會有這樣的疑惑。但事實上，他們不是在玩，而是在進行復健，一種所謂的「馬術治療」。馬兒的律動會讓騎乘者感到緊張，迫使他們必須保持全身平衡、不斷挪移重心；因此，這些殘智障的小朋友，會被大量激發出潛在的協調能力，無形中也運動到深部肌肉，達到伸展與加強知覺統合的效果。

騎馬復健身體，固然很重要，但是從接待這些小朋友的經驗當中，我發現這個活動對於「復健」他們的心靈，發揮了更驚人的效果。大部分的殘智障孩

營隊的小朋友在牧場上練習騎馬。

子，多少都有些自卑，但是當他們一人一馬、高高地騎乘在上的時候，他們會發現，原來，自己跟其他人沒有什麼不一樣。原來，他們也可以自己騎馬，也可以如此神氣！無形中，這些孩子，會逐漸找回封閉已久的自信心。

小孩子有著寶貴的純真，這些殘智障孩子的心思，比起一般的小孩，更是自然流露。他們的反應，都直接表現在臉部表情與身體語言上。這些小客人上馬的時候，會比一般小孩還來得緊張，有的會大哭，有的還會雙手發抖不止。但是，只要一開始上路，他們的疑懼就會逐漸消失，慢慢感受到支配馬匹的快感與刺激。當他們騎馬回來，儘管滿頭大汗，但是絕對沒有人喊累，每個人都好像燦爛的小花，散發了微小卻驚人的生命能量。

那是一種可以跨越語言和種族的感動，看著一旁家長與老師熱淚盈眶，我眞的希望，可以再幫孩子們多做些什麼，特別，是來自台灣的孩子。

溫暖的啓發

我一直以爲，自己當軍人夠久了，早已練就千錘百鍊的硬功夫，卻萬萬沒有想到來到牧場之後，發現自己原來也是個感情充沛、容易掉淚的平凡中年男子。

有一次，牧場接待了一個台灣旅行團，其中有一位大約是小學一年級的小女孩，好漂亮好清秀。她看起來精神很好、很活潑，但是當她一上了馬背，她的母親就顯得很緊張，突然間，望著女兒的身影淚流不止，一旁的舅舅神色也很凝重。只有小女孩高興地、不斷發出銀鈴般的快樂笑聲。

我感到納悶，在牧場上各種場面見多了，從來只有小孩哭鬧不肯上馬，卻沒有看過媽媽舅舅哭得稀哩嘩啦的。這是什麼道理？我很擔心，不知道是不是小女孩有什麼特殊狀況。問了那位舅舅，才知道原來小女孩得了腦瘤，來日無多，換句話說，這，也就是最後一次帶她出來了。

她的舅舅講完之後，沒再多說話。我們看著她馳騁的快樂模樣，別說小女孩的媽媽難過，連我看了，也是忍不住好幾次背過身。這樣的一個小孩，來不及長大，生命，已經註定停格在此。

他們跟著旅行團離開之後，我越想越難過，除了讓他們在牧場裡留下一段美好的短暫回憶之外，我還能不能再多給一點什麼？當晚我終於忍不住，開車找呀找的，終於找到了他們下一個活動的地點，親自把我們平日不輕易送人的珍貴紀念章，別在小女孩胸前。她十分驚喜，陪在一旁的媽媽和舅舅卻止不住流淚。雖然我們素昧平生，但我樂於給予一個鼓勵而溫暖的擁抱。因爲我們都希望，如果眞有奇蹟，這個漂亮的、令人心疼的小女孩，還可以好好長大、繼續來牧場快樂地騎馬。

另一個難忘的經驗，則是有關一對母子，小男生是個不說話的自閉症兒童。母子倆外表上看不出什麼異狀，只是媽媽看顧的緊，一直牽著孩子不離身。但是當我們在做FARM TOUR的時候，卻出了狀況。牧場上那些從小由人餵大的寵物羊，個性溫馴，見到人不但不躲閃，反而會黏人、親近人、一點兒也不羞澀，所以所有的人——不論男女老幼——一看到這等景象，都興奮地昏了頭。那位媽媽也拿著牧草餵羊，高興地忘了看顧孩子。「我的小孩不見了！」不久，她回神過來，發現孩子沒在身旁，驚恐地大聲喊叫。大家立刻幫忙尋找，「在那裡！」終於有人發現了小男孩的行蹤，他站在距離整團有五、六十公尺遠的距離，自己在跟一隻羊兒玩耍。

這是什麼狀況？太奇特了！羊是群聚的動物，幾乎不會落單，那隻小羊居然跟小男孩好像哥兒們一樣，兩個小傢伙自顧自地邊走邊玩，像是早已熟識的好朋友。小男孩的媽媽也不敢相信眼前所目睹到的景象，不知不覺中早已淚流滿面。因爲這個自閉症的孩子，自小到大從來沒跟一個人或是一隻動物如此親近過，看到他與小羊居然能夠玩得嘻嘻哈哈，怎能不讓人激動？

我和那位母親從不相識，在之前也沒有交談過，然而，我輕拍了一下她的肩膀致意。這個時候，說話，就太多餘了。

突然之間，我恍然大悟，原來，我們的牧場，真的可以做得更多——特別，是對我們的下一代、對我們親愛的孩子們。

王家牧場寢室一角。爲了安全上的考量，每個人員進出口，都設有自動防盜燈。

5 遊學前，請作好心理準備

遊學的代價

「遊學團」、「寒暑假學生營隊」之類的概念，其實並不新鮮，早在我們開始經營之前，市面上的類似產品，早已行之有年。只是，當我眞正開始研究這些遊學團的內容之後，卻產生了太多的不解。

「爲什麼這麼貴？」站在家長的立場，我忍不住提出了第一個疑問。

幾年前，紐西蘭的遊學團動輒要十幾萬，這還不包括隱藏式的費用，如稅金、戶外教學費用、餐費及交通費等等，有時甚至還要小費。想要讓小孩玩得盡興，家長的荷包恐怕要嚴重大失血。老實說，這樣的遊學費用，對於一般家庭來說，可是一筆不小的負擔。此外，小孩子帶著高達數萬台幣的零用錢在身上，恐怕也是家長不小的精神壓力——錢會不會掉了？會不會不夠用？會不會亂花？會不會被偷被搶？

教育應該是平等的，不是貴族的專利。我們在仔細計算成本之後，規畫出內容更好的行程，但是價格低於當時市場價格甚多。更重要的是，全部沒有自費行程，小朋友可以不帶一毛錢，快快樂樂地享受紐西蘭遊學的一切活動。

「你們比別人便宜這麼多，是不是有問題啊？」有些家長認爲便宜沒好

營隊活動之一，小朋友在Skyline纜車上，準備坐溜溜車下來。

貨。但是，答案是可以從口碑中驗證的。

我的第二個疑問，也是爲人父母的共同焦慮，「遊學團，到底安不安全？」

老實說，實施經年的寄宿家庭制度，能不能有百分之百的保證，我不敢說。就連我自己的兒女，在紐西蘭待了這麼久，我也總還是會擔心。兒子大了，可以外宿，但是女兒想要在朋友家過夜，我就難以比照辦理。我常在想，他們在紐西蘭待了這麼久，我仍然無法放鬆，那些放子女出來單飛的父母們，又豈有不擔心的道理？

與其他先進國家相比，紐西蘭的治安其實相當令人放心。但是，對於住宿家庭的品質，我認爲還是應該嚴格篩選，小孩從寄宿家庭到學校的往返路程，也應由住宿家庭的家長全程接送。此外，我不贊成小孩單獨住宿，兩人或三人一組，彼此才有照應。但要注意不能讓沒有親屬關係的小男生小女生，同住在一個寄宿家庭的屋簷下。在這些要求之下，如果還有領隊康輔員每天作固定的家訪與無預警的突訪，是更理想的。

身爲家長，一個經營遊學團或學生營隊的業者，若能做到上述種種，我才會放心讓自己的孩子參加。我想，每年那些極力爭取讓孩子來王家牧場的父母們，一定也是一樣的心態。

「爲什麼我的兩個女兒居然跟一個單親爸爸一起住？這樣豈不是很危險？」某一年的遊學團，我們分配好了住宿家庭之後，沒多久卻接到了一通這樣的電話，這位氣急敗壞的媽媽怒氣難消，我也著急地不得了，趕緊請工作人員查證。這位母親告訴了我們寄宿家庭的姓名，謎底揭曉，我當場告訴那位媽媽，別擔心了！

原來，這個寄宿家庭的家長是一位單親爸爸，家中只有一個寶貝女兒，基於保護的立場，他當然希望接待的是同性別同年齡的遊學團成員，以免讓自己的女兒尷尬，也不安全。經過我們解釋之後，這位媽媽也很不好意思，原來，眞的是誤會一場。唉，一句老話，天下父母心。

住的比菲傭還不如？

台灣的遊學團雖然已經發展多年，但是，面對五花八門的廣告文宣，作父母的往往霧裡看花，看不出眞正的名堂，對於遊學團的品質該如何評比篩選，也沒有什麼具體想法。他們參考的範本，可能多是自己參加國外旅行團的經驗。所以，在我們發展學生營隊的初期，經常得跟家長耐心溝通一些基本概念。這是說服的過程，有時也像是對家長的再教育。

「你們的住的是幾星級的啊？我們上次去某某地，還有某某地，住的都是五星級的大飯店！」大人出國玩，爲了休閒放鬆，的確有豪華享受的必要，但是參加遊學的孩子們，難道也需要飯店裡的按摩浴缸、SPA、健身房，還要打上幾桿高爾夫球嗎？精力充沛、對世界充滿好奇的孩子們，難道，眞的覺得大人這些玩意兒好玩嗎？

來，讓我們看看住宿家庭的環境，這時候，家長又有意見了。「唉呦，這房子看起來好普通，怎麼都跟外國電影裡的不一樣！」以往的遊學團，總喜歡把寄宿家庭的環境拍得美美的，然後再讓家長們從這些照片中挑選。試問，這究竟是出國遊學？還是買房子呢？或者，孩子是出去體會豪宅的虛浮華麗，還是要追求眞實的生活體驗？

我認爲理想的寄宿家庭標準，應該是這樣的：負責、安全、愛心與耐心。這是最高原則，但也可以說，這樣的標準很不簡單。因爲，符合家長預期的外在環境，並不難找到；但是，溫暖而合適的寄宿家庭，不但可遇而不可求，還需要投入相當的時間和心力。期待住進豪宅大院？我們只得跟家長說抱歉，此種想法，絕對是不當的多餘期待。

我們學生營隊的住宿地點，除了住宿家庭之外，還有小朋友最期待的——親近生活與大自然的牧場小石屋。有一次，正當我們放著介紹牧場小石屋的幻燈片、底下的小朋友嘰嘰喳喳地興奮討論時，一個家長卻冷冷地丟出一句話：「這種房子啊，比我們家菲傭住的還不如！」

我真是當場傻眼，每年孩子最捨不得離開的地方，就是這位家長口中「比菲傭住的還不如」的小石屋——窗外是農場的遼闊景色，裡面是鋪設乾淨地毯的溫暖空間。每一個寒暑假，這裡都有新的小客人、新的團體、新的故事，相同的，是每一個孩子對這裡的不捨之情。

當下，我並沒有生氣。第一，那位家長的指責並非事實；第二，我很希望他可以仔細想想，當自己還是孩子的時候，最喜歡去哪裡玩？最喜歡什麼活動？最難忘的是什麼事情？

也許，等他有了答案，就會了解我們的用心。

因爲受到自已跟團出國旅遊經驗的影響，家長們也經常會提出這樣的疑問：「吃得好不好？一天是幾菜幾湯？」這時候，我們都會耐心解釋，小孩子在牧場的運動量大，騎馬、射箭都需要體力，因此，我們會除了正常三餐之外，還會再加上一頓點心與宵夜，並且因應我們的牧場特色，補充肉類營養。通常家長們在這時多已充分了解，露出放心的微笑。

但是……

「住小石屋？我的小孩千里迢迢到紐西蘭，你們竟然給他住這種房子？」

另外也曾經有一位爸爸，極其挑釁，「一天五頓？你們給我的小孩吃這麼多肉？根本沒給他吃蔬菜！」他老實不客氣地批評起來。我還來不及解釋，他又說了，「我的小孩不要吃那麼多肉，不然跟你一樣胖怎麼辦！」這已經是人身攻擊了。我沒有動怒，卻替這位家長感到些許悲哀。

對於遊學的認識、對於尊重，這位家長顯然都有所不足；他是否能理解我們的教育理念？他

Farm Tour項目之一。學習砍柴。

所教導出的小孩，是不是會喜歡我們提供的課程以及團體生活？我更加懷疑。

「黃小姐，你看我的小孩這麼小，才幼稚園大班，可不可以報名？」有一次的說明會現場，一位媽媽聽了我們的行程說明，當下覺得非常心動，很想替她的小女兒報名，但是一直猶豫不決，想叫我們的工作人員替她決定。「我們會建議您晚幾年再來報名。一方面因爲她年紀還小，作父母的一定不放心；另一方面，等她再大一些，也許比較能體會、並學習營隊所提供的一切。」黃小姐的口才流利，只是，她說出的話，卻可能讓所有老闆吹鬍子瞪眼。這，擺明了就是把白花花的銀子往外推。

但是，這就是王家牧場，我們不是在吆喝賣東西。我希望大家能夠理解與分享我們的教育理念，並且讓所有來參加王家牧場學習成長營的孩子眞能有所收穫。

孩子改變了

辦了這麼多屆學生營隊，我通常儘量自己出席說明會，站在第一線面對家長，說明我們的想法。原因無它，我想從一開始，就好好認識每一個孩子，以

我幫營隊孩子們上第一堂馬術課，教他們認識馬的習性、學習與馬相處。

及他的家庭狀況。所以，來參加營隊的孩子，通常我在台灣的時候就對他們有印象，有的已經認識了，當他們一到紐西蘭，我甚至馬上可以叫出他們的中文或英文姓名。

某年夏天的營隊說明會，我印象很深，一位媽媽興致勃勃地想替兩個兒子報名，但她的一對寶貝，一位已經國三，另一位已經高一，都是尷尬的青春期。這兩位男主角的意願，似乎是不怎麼高。有一天，那位媽媽把小兒子帶來聽說明會，一開始的時候，他就跟絕大多數的台灣小孩一樣，冷漠安靜、沒什麼反應，看不太出明顯的喜好。但是說明會結束之後，他卻嚷著要報名。「那哥哥怎麼辦？」母親有點擔心，他們一向是哥倆好，一個要去，另一個不去怎麼成？「沒關係，我決定了就算，回家我再跟他說！」這兩個大男生果眞來到了紐西蘭，第一天還內向沉默，第二天、第三天，逐漸變得健談愛說話。最後不但可以聊天開玩笑，甚至有時候還會故意小小裝酷。

孩子們變了。他們在牧場裡，經歷了許多的人生初體驗，也建立起重要的自信心。這些明顯而正向的改變，經常是促使我們走下去的最大動力來源。

更重要的，有些孩子，人生就此走到了轉捩點。

曾經有過這樣一位小男孩，長得很帥、酷酷地不太說話。正因爲他異於常人的沈默，從一進來說明會，我就注意到他了。小男孩當初來參加遊學團的原因，也頗讓人辛酸；他的媽媽很早就因爲癌症過世，因此他在學校裡經常受到同學們的取笑，所以有拒學的傾向。到了國中，這個情況更爲嚴重。

他的父親十分擔心，這樣一個不說話、自己掙扎著長大的孩子，讓人心疼，卻又無能爲力。所以，父親決定把他送來參加我們的營隊。起初他十分抗

營隊小朋友正在餵食寵物牛。

營隊活動之一。到彩虹農莊看剪羊毛秀，餵小羊是其中一個項目。

拒，但聽完說明會之後，改變了想法，主動說：「爸爸，我想試試看。」他後來還跟父親爭取，成了長期居住在牧場裡的小留學生。

他果真變了一個人，拚命唸書，彷彿要追回先前在台灣流失的黃金歲月。看著他點點滴滴的成長，我知道，這個世界上，沒有壞孩子，只有迷路的孩子。

這個男孩，已經不只是我們的營隊成員，他和他的家人，早就已經是王家牧場的一份子。男孩的姊姊後來也得了癌症，幸而順利治癒。我跟他們的父親提議，讓姊姊來紐西蘭當遊學團的康輔員，除了探望弟弟，也可以療養身體。她如期來了。「這是我這輩子以來，第一次可以工作得好累、睡得好沈、吃下好多東西！」她開心地笑著說。弟弟更調侃她：「妳在台灣生了一場大病，卻來紐西蘭坐月子了！」

這樣的故事，一定還會繼續發生，在王家牧場。

全英語的地獄

我們現在的學生營隊，不管是掌握學員的生理與心理狀態、基本的生活照顧、英語學習進度的追蹤，都已經建立起成熟的模式。然而，這進步的代價，卻來自於我們曾經在第一屆的時候，犯下的重大錯誤。

怎麼說？

先前的遊學團，都給大家一個先入爲主的錯誤印象——「把小孩丟到一個全英語的環境，他們就會『自然而然地』地講英語，而且可以說的跟外國人一樣好！」所以我們第一屆英語學成長營，也以這樣的概念出發。

但是，事實眞是如此嗎？

從一下飛機開始，寶貝孩子聽著機場裡的人聲嘈雜，英語如連珠砲般地充斥身邊——這的確是全英語的環境，但此時的他拖著行李箱，聽不懂海關的問話，也不曉得怎麼才能走出機場，早就已經嚇呆了，說話都有困難，何況是說英語？

再來，到了學校，小朋友被丟到一個全是外國人的班級，這些人全都說著他所不熟悉的語言，老師再怎麼親切，寶貝孩子也是有聽沒有懂。嚴格說來，這時候我們的孩子，才是眞正的「外國人」。當大家用著好奇狐疑的眼光，緊緊地盯著他們時，他們只要不臉紅不低頭，就已經很勇敢了，更別說，要主動開口跟大家說英文？

上課的時候，這些可憐的孩子只能在心中暗暗祝禱兩件事，「拜託拜託，老師千萬不要叫我起來回答問題！」另外一件事則是「拜託拜託，今天趕快過去，我要趕快離開學校！」

當這些小朋友回到了住宿家庭，悲劇必定又再度上演——全桌都是洋人，"Is that good ?"「食物好吃嗎？」這句話再怎麼簡單，我們的小朋友也聽不下去，他只會害羞地猛點頭，絕對不會說出眞心話——其實外國菜眞難吃，我想念台灣的肉圓、鹽酥雞和牛肉麵……小朋友這時只會在心中不停默禱，最好home爸home媽都不要理我，讓我趕快回房間……爲什麼他們還要跟我一直聊天？好不容易捱完晚餐，進到了房間，回到自己的世界，眼淚就再也止不住了。

我說，這是可怕的「晚餐症候群」。我們第一年辦學生營隊的時候，有三個南部高一的小女生，因此而忍不住抱頭痛哭。我想，當晚的羅托魯瓦，一定是暗夜哭聲不止……同樣的情況，只要再重複個兩三天，有著美麗建築物與友善環境的紐西蘭學校，對於這些孩子來說，也只不過是個牢籠。

四〇年代的時候，文學家蕭伯納曾經來過這個溫泉之地——羅托魯瓦旅遊，他寫下了這樣的句子形容這裡：「這麼接近地獄，還能全身而退，眞好。」

不知道這些孩子是不是跟蕭伯納一樣，也認爲這樣的紐西蘭是個活生生的地獄？

失敗的第一次，對我們來說是很重要的經驗。遊學的孩子需要的是什麼？我們眞正明白了。

于家牧場的Post Paddock，一堆放廢棄木料的地方，前方的草地，是牧場的寵物安息之所。

6 Bob叔叔的叨叨唸

遊學神話，成為孩子夢魘

我一直深信，一分耕耘一分收穫，學習語言尤其如此。我不得不說，對於孩子、對於英語遊學團，大部分父母的期待都太不實際，也太貪心了。

請先別說我太過言重，孩子們在成長過程中所遭受的壓力，確實是生命中無法承受之重。

試想，我們當初學英語的過程，不都是先砌磚成牆、漸漸積高成型的嗎？期間付出的心血與學習，可能十數年都嫌太少，而孩子在國外的遊學營，至多不過只有十多天，試問，他們怎麼可能在這樣短的時間內脫胎換骨，成爲英語呱呱叫的神童？

父母們的期待，往往投射成遊學團課程設計的扭曲規劃。我記得王家牧場有一對小朋友，先前參加過別的地區的遊學團，他們抵達的第一天，跟父母通了電話，竟然哭得泣不成聲：「爸爸，媽媽，爲什麼又送我們參加這種活動？」

學語言沒有特效藥，遊學團也不是鍊金術。我從不奢求來到王家牧場的孩子，會成為英語學習的奇蹟；但我希望他們離開紐西蘭、回到台灣的時候，可以帶回學習英語的「動機」。

第一屆的學生營隊經驗，讓我們很快就發現了自己與為人父母的盲點。此後，我們還是讓小朋友去語言學校，甚至也讓他們住在寄宿家庭，但是，我們不會讓孩子們第一天就孤伶伶地直接住到寄宿家庭。我們會讓先讓他們在牧場裡待幾天，熟悉紐西蘭的環境，然後以好友成對的方式，兩兩安排住進合適的寄宿家庭。並且每天領隊與康輔員一定會作家訪，學生一有任何狀況，我們可以立刻調整應變。

學英語沒有奇蹟，只有動機

為了讓小朋友可以沒有壓力地融入新環境，我們研究出一套教學系統，稱之為"Buddy System"（好朋友制度）。我們找了當地的中學，請老師推薦成績優良個性活潑的學生，以多對多或一對一的方式，混雜在這些營隊的學生之間。同齡的孩子，本來就有著跨越語言界限的溝通能力，再加上這些當地的學生有了多次與台灣學生的相處經驗，知道這些孩子出了國門（其實在台灣也是）個性總是比較害羞，所以多會主動引導。

總有家長問我，爲什麼不讓小朋友上一般的語言學校？卻要與當地的中小學特別合作？

這其中的差別是，國外語言學校的成員來自世界各地，我們無法控制。但當地中小學的素質，卻是我們可以事先了解，並作安排的。

所以，我們會爲小朋友挑選合適的中小學，爲他們設計特別的語言課程。這時候，「好朋友制度」就發揮上用場。通常，第一堂課的劇本，是這樣上演的。老師必須先爲小朋友進行英語測驗，進行分班，台灣小朋友坐在椅子上接受筆試，紐國小朋友則是在一旁靜靜等待，此時，台紐雙方的小孩還沒有機會展開第一類接觸，只好以眼光互相打量，不時傳來竊竊私語。在老師唸出單字的同時，台灣小朋友多是含筆苦思（這個生字好難，我都不會拼……這些外國人一定都在笑我們吧），而紐西蘭的小朋友態度自若，卻也會不時交頭接耳（哇！好難，連我都不會拼，你會嗎？這些外國人眞厲害啊）。

老師收了卷子之後，會請大家自我介紹，這時候台灣學生都還是難掩羞澀，能用蚊子般的聲音說完"My name is…"就已經是勇氣十足了，更不要說和異國朋友作什麼eye contact。還好，這些紐西蘭的好學生都很有經驗，他們會一個字一個字地慢慢發問，"How old are you?" "How many brothers and sisters do you have?"……不多久，我們的孩子就會從惜字如金，到開口說Yes或No，一直到單字、兩個字、完整的話。然後，很快地，半天，最多一天，他們就會因爲交談的渴望而想學英文了！

「老師，我要怎麼用英文說：『我們一起打桌球好嗎』？」一個國小男孩推著眼鏡，興奮地抓著康輔員問英文。剛到紐西蘭的第一天，他還只是個連出海關都怯生生的小男孩，現在的他，卻滿頭大汗、眼神發亮——他剛玩過跳繩，準備要加入另一個小組來場體育大對戰。

「老師，『紀念品』的英文要怎麼說？」那是一個小個子的國一男生，他心思細膩，先在台灣準備好了送人的紀念品。他說，想送給那個幫他細心解釋作業的女孩。很有趣，這兩個小孩都是十三歲，兩個人的個子，卻差了近三十公分（青春期女孩的發育本來就比較快，尤其是西方人），談起話來比手劃腳外加查字典，看起來除了身高之外，兩人之間並沒有什麼隔閡。

每每學校的課程結束，總是最傷感的時候。孩子們會互相留下電話號碼和電子郵件，也許不怎麼有機會來日再見，但是彼此在對方的成長過程中，都留下了無法忘懷的回憶，期待能繼續收到對方的訊息。我們的孩子回到了台灣，得要繼續過著大考小考不斷的辛苦生活，但是他們平凡而壓力大的日子中卻多了一些期待——來自南半球的問候。他們會在電腦前勤查字典，想知道好朋友最近在紐西蘭又有些什麼好玩的事？他們申請大學，成功了嗎？……這些台灣孩子，也在無形中建立了自信，原來，說英文和聽英文，一點都不難。

這才是我希望他們帶回台灣的部分——快樂，以及學習的動機。

除了英語之外

不過，對於來到牧場的孩子，我還希望他們可以學到一些更重要的東西，這或許是我個人一點小小的企圖，我希望這些孩子學會對自然謙卑、尊重個人與群體。

不可否認，有能力可以讓孩子出國遊學、希望培養他們語言能力與國際視野的父母，經濟能力都在一定水準之上。但這些孩子備受呵護，對於外在世界的感知與應變能力，卻比較缺乏。說來也許很多人不相信，每年總有幾個大孩子，已經是國小高年級的年紀，卻還不會自己繫鞋帶。

擔心的父母們十八相送、到了機場送機時哭哭啼啼、小朋友還沒到就電話傳真不斷……這些都司空見慣。甚至，還曾經有一對父母因爲放心不下，一路跟來了紐西蘭。爲了不影響其他的小朋友，我堅持他們不能干擾營隊的正常作息。因爲，有家長隨行的小孩，其他人不免會對他另眼相看，甚至產生不平等待遇的微妙心理。這對不死心的父母，雖然被我婉拒在牧場門外，卻眞是毅力可嘉，他們租了一台露營車，居然二十四小時「駐守」在牧場外頭，以望遠鏡可以看到心肝寶貝的最近距離爲半徑，亦步亦趨地跟著我們……。我很想請他們進來坐坐，但實在是不能破壞規矩。老話一句，可憐了天下父母心。

即使是只有短短十幾天的行程、即使是行前的完善叮嚀、即使是我們已經有舉辦這麼多屆的經驗，這些，都還沒有辦法讓父母放手、讓子女展翅離巢。可是，終有一天，父母的寶貝還是必須走入群體、面對眞正的社會與人群，不是嗎？

而團體生活最大的好處，就是可以收斂過於膨脹的自我，讓孩子們相對地多出一些時間與空間，仔細去觀察別人的行爲——爲什麼這個人這麼刻薄？爲什麼他那麼小氣？爲何他總是頂撞別人？有心者，自然就開始有了自省的機會。

所以，每一批新的營隊的孩子，一到了王家牧場，我一定先告訴他們牧場上的基本生活規定。再來，我會請他們看看餐廳牆上的一個牛頭標本，那曾經是我們極鐘愛的一隻寵物牛——毛毛。我的用意，並不是要嚇他們。

「大家看到了我右手邊上的牛頭嗎？」牆面上的毛毛大眼圓睜，活靈活現地盯著大家，小朋友看著毛毛，全都安靜了。

「牠曾經是我們王家牧場裡大家最愛的一頭寵物牛。什麼是寵物牛呢？就是從小受特別照顧的牛，讓牠習慣與人親近，所以到牧場的客人，才能夠拿著新鮮的牧草親手餵牠。結果，毛毛卻開始漸漸挑嘴，冬天時一般牛隻吃的乾草，牠覺得無味，最後，竟一口也不吃。」

「大家都喜歡毛毛，牠卻開始變得目中無人，當然也目中無牛。牠的性格變得喜怒無常，有一次

牆上牛頭即爲毛毛。

還從山上衝下來，想要撞我弟弟。沒有辦法，我們只好把牠送回原來的一般牛群之中。沒想到牠連其他的牛也欺侮，後來不僅成了一頭離群索居的牛，更成了性格乖戾、無法跟其他同伴和諧相處的問題牛。其他的牛，也會開始找牠的麻煩。」

「爲了群體的安全與和諧，最後，我們只好結束牠的生命，用一種我們極不忍心的方式，把牠永遠留在牧場。只要一看到牠，就可以提醒自己，王家牧場曾經有一頭這麼可愛又驕縱的牛。提醒每一個來這裡的客人，大自然，有它自己的法則，能適應群體生活，才是眞正而健康的生存者。」

老實說，毛毛的故事，我不知道究竟可以給孩子們多大的啓發。也許在這些孩子終其順遂的一生當中，他們不再有機會跟著其他的難兄難弟或是好姐妹們共處一室、一起打枕頭仗、一起聽著別人的鼾聲入睡。但我多麼希望，當他們以後遇到不一樣的人、遇到了前所未有的困境時，能夠以更多元的角度，幫助別人，以對方的角度思考，學會寬容與體諒。

由於我的軍人背景鮮明，所以在營隊裡，我最怕別人誤會我以軍隊的管教方式來對待孩子。我時時警惕自己，軍式管理雖是一種做法，但關心才是最終目的。例如從第六屆開始，我們開始在營隊裡舉辦寢務比賽，但這項比賽只有第一天將比賽辦法貼在公佈欄上，並沒有特別交待與督促，接下來的每一天，也只是由輔導員把每間寢室的分數寫上去而已。

然而，我卻開始觀察到一些有趣的現象。雖沒有日日叮嚀和獎懲辦法，小朋友們卻慢慢地會主動留意公佈欄上自已的內務分數，甚至關心其他室友的狀況。大家自然而然在榮譽心的驅使下，不僅在乎自己的表現，也會主動關心和幫助別人。這正是我一直強調的，從團體群我的關係中，培養、激發小朋友們的責任感與榮譽心，而這並不是嚴厲的軍事化教育可以獲得的效益。

「落後」的定義，真正的「貴族」

王家牧場的寄宿家庭與我們合作多年，早跟老朋友一樣，對於請託他們照顧的孩子，從來沒有過一絲輕怠。多屆學生營隊辦下來，我們也看到了孩子的眾生相，或者，可以這麼說，是他們原生家庭所捏塑的眾生相。

「媽媽，我跟妳說，他們讓我住在荒郊野外！」一個國中女生到了寄宿家庭的第一天，居然劈頭沒來由地跟母親抱怨了這麼一句。原來，她期待的是住在如美國好萊塢電影中的豪宅大院，看不起紐西蘭整齊素潔的一般人家。（話說回來，紐西蘭一般人家的住屋品質，也比台灣大多數家庭好得多。）此外，紐西蘭地廣人稀，住宅區與商業區涇渭分明，自然不像台灣出門就有「方便的好鄰居」，而且家家戶戶之間也可能相距數十或數百公尺。如此，就變成這個小朋友口中的「荒郊野外」，紐西蘭人聽到了恐怕都會覺得啼笑皆非。

「這裡眞的好落後，寄宿家庭裡居然沒有電腦！」另一個小朋友則是向家裡人發了這樣的牢騷。「落後」的定義是什麼？國民平均年收入？綜合環境指數評比？那麼，我們也許還比紐西蘭「落後」得多。對電腦普及率甚高的台灣人來說，沒有電腦，世界幾乎就等於不存在；但是，對絕大多數的紐西蘭家庭來說，他們最重視的，是戶外活動、自然環境，是人與自然的關係。有幸來到這邊的孩子，如果沒有辦法體察這樣的差異性，不是太可惜了嗎？

爲了讓小朋友了解紐西蘭的文化精華，我總會在課程中安排老師來教男生跳舞——毛利族男人出

征前的傳統戰舞；女生則是教作毛利人的傳統玩具。這些人不是大家刻板印象中那種金髮高鼻的「外國人」，卻是不折不扣的紐西蘭原住民，他們不但會說自己的母語，而且英語流利，他們的文化特色更與這裡的發展歷史緊密扣連。

然而，有小朋友住進了毛利人的寄宿家庭之後，是這麼跟家人說的：「你知道嗎？他們居然把我安排住進了黑人家裡！」膚色不是原罪，有色人種也不一定是壞人。而且，與其他西方國家相較，紐西蘭可說是得天獨厚、資源豐富的遼闊之地，人民也相對地友善熱誠得多。而我們的下一代，竟以鄙夷的語氣說出這樣的話語。

有問題的部分，是我們看人的眼界與視野，而不是他們的皮膚。

第110、111頁：紐西蘭的一般房舍；與王家牧場長期合作的住宿家庭。

威廉王子的遊學目的

台灣和紐西蘭的文化差異，也反映在這些遊學團孩子與寄宿家庭的互動過程中。寄宿家庭的成員，可以感受到這些孩子的家庭背景都很不錯，不論是他們的談吐、氣質以及應對進退。只是，有些例子聽來，不免太令人匪夷所思。

小朋友的衣服，都是由寄宿家庭負責洗濯。某天，一位小朋友的衣服因爲太晚拿出來，寄宿家庭的媽媽以晚上洗衣太吵、且只有單件爲由，跟小朋友說明第二天一早再清洗。這位小朋友的反應竟如巨雷電光：「I WANT YOU WASH NOW!!!!」

我們這樣的小朋友，也許從這個時候才與「尋常百姓家」有了第一類接觸，對於怎麼樣當一個有禮而受歡迎的小客人，還有許多需要學習的地方。在國外，家中的每一份子共同分擔家務，是天經地義的事，不過，有一位台灣來的小朋友，顯然並不這麼想。晚餐過後，寄宿家庭中的成員開始收拾碗盤、整理餐桌、把需要清洗的餐具放進洗碗機，這位小朋友的工作，則是負責將碗盤擦拭乾淨。她對於這整件事的詮釋方式是這樣的：「寄宿家庭居然把我當成女傭！」

我一直很想告訴這些孩子，關於英國王室，關於威廉王子的故事。尊貴如威廉王子，也參加了國際雷利組織（Raleigh International team），遠赴智利北部的山區參加公眾服務。他戴著工人帽、穿著污髒的上衣，造橋鋪路，跟同僚一起吃喝拉撒睡。這，才是眞正的貴族。不是那穿著豪華美服的溫室花朵，也不是不可一世的驕傲孔雀。因爲，只有對土地與大自然謙卑，才能有一顆柔軟的心，對整個世界，才有眞正的感動與關懷。

這不是眞假王子的遊戲，威廉王子，也不是唯一的特例。早在中世紀的歐洲，此種方式就是養成貴族的重要訓練之一——一個人，以極其刻苦的條件旅行、行走、遭遇各種險阻與痛苦。重重考驗的意義，在於養成立獨立思考與解決問題的強韌心志。如果眞能夠克服體力與心智的各種挑戰，他將成爲貴族，不是因爲他的身份，而是他的胸襟與視野與眾不同。他將會眞的長大成人，成爲一個大家所尊敬與

毛利人傳統打招呼的方式，他們稱之爲“hongi”。

喜愛的良善之人。

這也是我辦海外學生營隊的眞正目的。除了讓他們多學些生字、開始敢說英文，甚至刺激語言學習動機之外，總有些更重要的東西。否則，英美國家的小孩，甚至如威廉王子，自己的母語就已經是英文，又何苦千里迢迢走這一趟？

讀萬卷書，行萬里路，我相信都一樣重要。威廉王子在海外受訓練所得到的啓發，我希望台灣的孩子也能體會得到。

人與自然的原始互動

這麼多年，孩子們來來去去，未來他們也會背起行囊，自己出國旅行或是留學，他們也許會忘了康輔員，也許會忘了我這個胖叔叔，但是他們絕對不會忘記自己在牧場上騎過的馬的名字。

打從到牧場的第一天，我們就會依照孩子的性別身高甚至性情，替他們挑選不同的馬。馬兒是聰明靈巧的，牠會記得每個小主人對牠的撫觸與話語，孩子們也會記得牠的溫柔眼神，記得他們一起漫步在樹林間的午後。不管是多麼膽小羞怯的孩子，只要上了馬，無不興奮地不肯下來。他們不怕髒，也不怕臭，每天放學的最大期待，就是看到自己的馬。當我們把馬兒從馬房裡牽出來的時候，孩子們的眼神，立刻晶瑩發亮——那是一種對大自然、對動物的原始情感。只是，我們住在城市裡的孩子，已經將這種幸福遺忘許久了。

透過自己的小馬，他們願意張開眼睛看、用耳朵傾聽，以雙手和雙腳去了解紐西蘭的大自然環境。這，已經是他們來到牧場的最大收穫之一了！

對於許多家長（其實是所有家長）來說，送孩子這一趟的紐西蘭遊學之行，簡直就像是骨肉分離般的殘忍，媽媽們總是在機場淚眼汪汪，小孩子則是心不在焉地聽著父母講了三天的叮嚀——要打電話回家、要記得穿衣服、要記得什麼什麼（最後，把這些個別孩子的叮囑事項記得最清楚的，總是我們的康輔員）。小朋友們經常是左耳進右耳出，一出了海關，什麼都不記得。

孩子們一開始都會有脫離掌控的過

工作人員陪同小客人騎馬。

度與奮感，父母們當然知道。所以，他們在孩子學習展翅飛行的時候，通常會以兩種方式展現關懷與示愛，第一，是以現代科技進行遙控——電話、手機加傳眞；第二，在小孩的荷包裡，塞滿用也用不完的零用錢。

以現代科技進行遙控還情有可原，但是父母給錢的數目與小孩用錢的方式，卻很令我們擔心。國小年紀的孩子，帶了數萬元台幣在身上，眞是令人一想到就害怕。對錢大錢小毫無概念的小朋友，可能瞬間花去了一百塊紐幣，也毫無感覺（他們在掏出鈔票前，並不會想到那幾乎是台幣二千元）；此外，把錢帶在身上，用掉了、丟掉了事小，因爲錢財露白而發生問題，才是最令我們擔心的事。因此，我們把所有活動安排妥當，不再有任何外加的自費行程，就是希望孩子們可以不帶一分錢，快快樂樂地玩遍紐西蘭。

還有，看一個一百公分出頭的小毛頭給人小費，那情景眞是說不出的怪異。

即使我們設想得這麼周到，擔心的父母，總還是會在臨行前又多塞些鈔票給孩子。爲了安全起見，我們通常會請康輔員暫時保管，小朋友有需要時再跟大人請領。不過，這些父母給的零用錢數目，有時還眞令人咋舌。有的小朋友一出手，就是數百元紐幣，合台幣近萬元的滑板就這樣面不改色地帶回了台灣。這些孩子，果眞是受到了寵愛嗎？

老實說，我不確定。

來到王家牧場的孩子，也並不是個個都環境優渥，但是，我相信父母給孩子的愛，絕對不是用金錢來衡量的。曾經有個媽媽，在小孩行前又怯生生地打電話給我們的工作人員，「麻煩您，請多照顧我們家孩子，這趟讓她出來玩，很不容易，我，我，我其實是希望這些錢可以留下來作爲她的嫁妝的。」這位媽媽只是醫院裡的一般行政人員，她好不容易才存了一筆錢，希望可以讓女兒留下最好的回憶。

她的女兒好幸福，有這樣一位媽媽。比起那些只願意用金錢彌補孩子的家長們，這對母女，富足太多了。

曾經有一對寄宿家庭的紐西蘭父母，略帶憤慨地跟我這麼說：「Bob，你們怎麼可以有這樣的父母，都在虐待孩子！眞不可思議！」虐待？怎麼可能？這些有能力出來遊學的孩子，可都是父母的心頭肉啊！

「我聽孩子說，他經常看不到爸爸媽媽，因爲他們工作都很忙。他上次和父母說到話，已經是好幾個月以前的事了，怎麼會有這樣的父母呢？生下孩子卻沒有時間陪伴他們，這簡直是在虐待小孩！」我也只能苦笑，無言以對。這樣孤單長大的孩子，固然令人心疼，然而，驕氣而被寵溺的孩子，卻更令人頭痛。

其實，我很感謝這些寄宿家庭的父母，不只是因爲他們會爲這樣的事情義憤填膺，事實上，和他們長期合作下來，我們知道彼此對於孩子的教養態度與熱情關注，都是相近的，很容易溝通。我甚至跟著孩子們，一起暱稱他們，叫著「烘爸烘媽」（home pa and home ma）。

有時候，他們跟營隊小朋友的關係，緊密地超過我們的想像。有一年，一對烘爸烘媽甚至帶了自己的小孩，一起來台灣過聖誕節。對西方人來說，聖誕節就跟我們的過年一樣，是全家團聚的重要節日。原來曾經在他們家住過的台灣小朋友，一直難忘這對烘爸烘媽，不但經常與他們聯絡，更力邀他們來台灣過聖誕節。

因此，曾經在這個寄宿家庭住過的孩子們，都特別爲了他們的到來齊聚台北。這些前後期的孩子雖然彼此不一定認識，但他們都曾經在不同的季節，相同的地方，留下了一樣深刻的回憶。於是，那一年的冬天，變得好不一樣，台北的聖誕節，不只是虛浮的商業節日，這對烘爸烘媽一家子，和我們的台灣小朋友，一起在熱帶島嶼度過了一個「團圓」的聖誕節。因爲王家牧場，也因爲這些烘爸烘媽與小朋友的坦率與熱情，讓我們看到了跨越時間、年齡與地域的異國友誼。

每一次在營隊告一段落之後，我們總是很累，那是一種身體與心理的全然疲憊。但是，卻又忍不住期待，下一個台灣與紐西蘭文化相遇的故事——那是一齣高潮迭起、沒有終點、永遠看不膩的連續劇。

這座宛如日本富士山的錐形火山，是塔拉納基山（Mt. Taranaki）——北島第二高的山，標高2518公尺，又名愛格蒙托山，週邊已規劃為「愛格蒙托國家公園」。

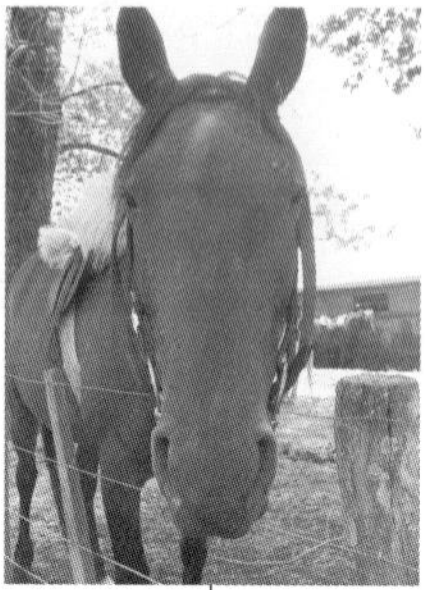

7 留學留學，不需遺忘快樂的夢

我們這些年來的努力，讓許多有心的家長看在眼裡，今年送了大孩子來，明年又送小的來。甚至還有家長虛報小孩年齡，明明是幼稚園大班，卻謊稱已經唸了小學，等到來到牧場的那一天，大家才曉得來了個大嬰兒……她玩累了就睡，想睡就趴在康輔員的背上，就這麼成了全團裡的大無尾熊，也辛苦了那屆康輔員，臂力增進不少。

但，我萬萬想不到，遇到了這樣把孩子交給我們的家長……

一大早，我們家的狗兒們就開始狂吠，眞怪，這個時間，怎麼會有訪客呢？

千里託孤，一場意外

一名東方女子，拎著兩只皮箱，又帶著一對不大不小的姊弟，就這麼杵在王家牧場的門口。這位太太究竟是怎麼回事？我還來不及問原由，她劈頭就丟了一句：「王先生，我的孩子，就拜託您了！」

原來，這位媽媽曾經來過牧場觀光，看到我的一雙子女，不但說起英文像外國人一樣流利，也很乖巧有禮。她說，千里迢迢把小孩帶來紐西蘭，就是希望這裡的環境，可以徹底改造他的孩子。

「拜託，一定要收留他們好嗎？我眞的沒有辦法了！」她似乎有難言之隱。看她拖拉著行李、帶著小孩的模樣，我想到了當初的自己，不也是這樣帶著一雙兒女、飛越了半個地球來到紐西蘭？

我先請他們到牧場坐下。這位媽媽與小男孩，我依稀還有印象。小男孩的姐姐，則是第一次來到牧場，看起來頗乖巧。至於小男孩，也是一臉聰明相，只是他打量著牧場四周環境的樣子，有些桀傲、還有點不懷好意的樣子。

我另外找了個地方，和母親深談。進一步了解狀況之後，才發現情形很不簡單。這位母親表示，小男孩在台灣交了些壞朋友，很讓她擔心，怕自己的兒子會這樣墮落下去。所以，「希望紐西蘭單純的環境，可以讓他改善向上，也希望他可以跟您的孩子一樣好！」她不斷地千拜託萬拜託……

這位媽媽是有心人，她爲了不讓小男孩孤單一人身處異鄉，把姐姐也一起帶來。一切，都是爲了這位寶貝公子。

看著她殷切的眼神，以及兩個小朋友疲倦的模樣，再看看她遠從台灣替孩子扛來的大行李，我心軟了，硬是接下這燙手山芋。

就是這樣莫名其妙的一場「千里託孤」，王家牧場開始收起小留學生。能有同文同種、年齡相仿的台灣小孩長期進駐王家牧場，最高興的，莫過於我的女兒和兒子了。只是卻苦了我，受人之託，忠人之事，壓力不可謂不大。究竟該怎麼管教？怎樣才是適當的管教？分寸該如何拿捏？過了，怕母親覺得心疼，不及，又怕有辱使命。

一開始，我們本來希望扮演小留學生的父母，擔任小孩生活上的管教者，但是實驗了三年、將近四年，結果卻令人沮喪，外人終究無法取代爸爸媽媽發揮「管教」的功能。但是，我們卻也摸索出另一條路——那就是專心做生活「管理」。

我們會制定一些規則來規範小孩的行爲。相對於父母，我們非常樂於扮演「黑臉」的角色，但是如果在牧場持續扮黑臉的過程中，小孩仍一再犯錯，到了關鍵時刻，我們會請家長與牧場站在同一陣線。只要家長與我們有互相信賴的基礎，孩子未來的人格發展與行爲模式，都不至於令人擔心。

我雖然曾經在教育單位工作，卻從來不認爲自己可以大談教育理念、教育目標等問題。我只是很單純地看事情的現象，直接思考，針對這個現象，怎麼做事情才能變得更好？站在父母的角度去想，我該如何做才能幫助父母達到他們所期待的目標？該如何做，才會對這些小朋友最有利？我的出發點，其實很單純。

但，我沒想到，如此簡單的問題，執行起來卻極爲複雜。

前述的那位小男孩，果然讓人頭疼。他凡事無所謂，從學校一路打架打回了牧場，沒有人敢跟他作朋友。對於牧場規律的生活節奏，他也不以爲然。但是，沒有問題小孩，只有小孩的問題。那麼，他的問題究竟是什麼？後來，我終於發現了原因，原因來自於父母，以及祖母。

母親滿腔的愛，自是無庸置疑。但是，家長過於溺愛的方式，卻慣壞了寶貝兒子。我們之間，沒有任何互信的基礎。這個孩子心存反抗，開始向母親抱怨牧場裡的生活單調無聊，又指責我們的管救太嚴格。他想要自己轉學，轉到北島的最大城市奧克蘭。母親，開始動搖了。

奧克蘭，好嗎？讓我的孩子去奧克蘭？王先生，您覺得怎麼樣？當這位母親不好意思地跟我提出要求時，我不禁皺起了眉。城市的喧嘩熱鬧，是孩子成長過程中最大的誘惑，何況，又是一個隻身在外、經濟不虞匱乏的小孩？何況，在那充滿了有錢華人移民後代的奧克蘭？

自從紐西蘭開放亞洲移民之後，奧克蘭可說被東方人徹底攻陷——大陸人、台灣人、香港人、再加上韓國人和日本人，走在奧克蘭街頭，不需要說英文，也可以生活得輕鬆自在、吃喝玩樂一樣不缺。舉目所及，到處都是中文招牌，站在路旁等公車，也隨時會有黑頭髮黃皮膚的東方人哇啦啦地講手機。還有，開著名貴跑車呼嘯而過令人側目的華人青少年。

就連在純樸的羅托魯瓦，也有這種財力驚人的小富豪。我們一位住在羅托魯瓦的台灣領隊，有一天收到市政府寄來一封信，一看，竟然是通知他兒子繳交一筆BMW520的牌照稅。「這怎麼可能？一定是弄錯了！」高二的兒子怎麼可能買得起BMW的車子？他追問之後才知道，原來兒子班上有一位大陸同學，執照已經被吊銷了，卻又買了一部BMW520的新車，於是就借用他的名義。結果把老爸氣得半死。至於那位被吊銷執照的大陸同學，原來的車早已被他棄之不顧。

羅托魯瓦如此，何況是奧克蘭？

我忍不住告訴這位媽媽我所知道的實情，她的想法卻沒有動搖。「爲了小孩好……我想，這段時間，眞的是謝謝王先生了，眞是不好意思。」她拗不過小孩，還是把他送到了奧克蘭。

後來，我再聽到那個小男孩的消息，還是看到了報紙，他在紐西蘭搞幫派、賣毒品，被警方遣送出境，永遠不得再入境紐西蘭。當時他才國一。

思鄉——小留學生難解的題

上述例子，或許太過極端，但許多在台灣就適應不良的問題孩子，即使到了這裡，也不會馬上改頭換面，甚至可能變本加厲。孩子內在的兩個問題——語言、思鄉，是最大的兩個挑戰（大孩子比較容易克服思鄉問題，語言卻比較吃力；小小孩的問題，卻正好相反）。如果水土不服，思鄉情結泛濫成災，再怎麼設計優良的環境，恐怕也不能讓孩子立刻成為驚世天才。

思鄉啊，思鄉，別說被父母送來紐西蘭的孩子，就連我們已經在羅托魯瓦住這麼多年的成人，也經常得想盡辦法紓解鄉愁。

中國人的三大節日——端午、中秋和過年，到了羅托魯瓦，全都淡得失去了味。象徵團圓的明月，特別會引發大家深埋內心已久的鄉愁。我那喜愛吃甜食的弟弟，當然絕對不會忘記這個重要的節日。每年一到中秋，老弟爲了買月餅，會專程開車來回花上六、七個小時，從羅托魯瓦一路狂奔到奧克蘭，爲的只是到那裡中國城的中國商店，買回二、三十盒港式月餅。該家店的老闆，一開始還以爲我弟弟是什麼了不起的批發商。事實上，我知道他像暴發戶式地賣下這麼多吃也吃不完的月餅，不只是爲了解饞，更是爲了在甜膩的餡兒裡，尋索我們曾經在台灣的點點回憶。

對中秋節心有所感的，還不只我弟弟。有一天晚上，當時還在唸小學的兒子，竟然一個人搬了把椅子，走到後面的小山坡上，就靜靜地坐在那裡。我看著山坡上仰著頭的小小身影，不禁好奇起來，這是那門子的的詭異行爲？於是，我開口問他，在作啥？「爸爸，今天是中秋節，我在賞月亮呢。」

我平時並不怎麼相信星座決定論，可是，我這個兒子，雙魚座感性與細膩的特性，的確十分顯著。聽他這麼說，我心裡泛起了不知該如何表達的歉疚感。身爲父母，我們毅然而然地帶他們來到這裡，究竟是好是壞？我不知道。那些被交付到我們手中的孩子，父母甚至不在身邊，豈不是承受了更多的孤單？

我的兒子，現在已經快要到唸大學的年紀了，幾次我問他，會不會後悔來到紐西蘭，他倒是沒有多想，「已經來了這麼久，就是這樣了啊，這就是我們的選擇，勢必如此，不是嗎？」他淡然地說。我又問他，想回去嗎？他也沒多說什麼。畢竟，現在的一切，都是在紐西蘭了。「想是想啊，不過我希望跟我的好朋友一起回去，介紹我成長的地方而已！」的確，台灣對他來說，只剩下十一歲以前的記憶了，台灣的鄰居親友看到他，也只能藉由對他十一歲以前的模糊印象來比對而已。幾次回去，以前的同學在路上看到了他會驚呼：「啊！你不就是那個……誰誰誰嗎？你都沒什麼變嘛！」然而，之後，也就沒有什麼多餘的話題。不到二十歲的他，居然也出現了歸鄉的尷尬。

我常常在想，我們王家，在這樣一個移民的轉捩點上，每個人都有各自不同的切分點；我和弟弟是在壯年時與過去的成就告別，而我的一雙兒女，卻是在記憶未必清晰、還沒有揉塑出眞正的自己之前，就離開了家鄉。或許，可以說，他們接受了兩種文化的薰陶，然而，這麼早就接受了這樣的衝擊，他們眞能承受嗎？

女兒年紀還小，也許對於自己的想望，比較直接也比較誠實。我知道，現在滿口紐西蘭口音的她，還是保留了某些從台灣帶過來的部分。在我們還接收得到台灣衛星電視的時候，她一定會熬夜起來看台灣的八點檔連續劇（台灣時間的八點，是紐西蘭的半夜兩點）。「爸爸，你知道嗎，以前我在台灣的時候，都不覺得八點檔有什麼好看，現在在紐西蘭，能看到這些節目，卻覺得好幸福哦！」後來，負責衛星接收的公司倒了，那唯一象徵我們與台灣有著同步連繫的八點檔節目，也就此斷了線。還好，拜現代高科技之賜，有了VCD。從台灣千里迢迢地寄過來的成片成組的小小光碟片，也就成了女兒一看再看的精神食糧。

每年來來去去的遊學團學生，也是女兒了解家鄉動態的主要管道之一。甚至，在我們牧場出現小留學生之後，她更主動要求從家裡搬出來，她想跟同齡的女孩一起住、一起生活。老實說，女兒一向乖巧，但這麼重大的要求，我卻不知道該不該答應，我擔心別人會對她另眼相看，因爲她是牧場主人的女兒。我也擔心自己對她們的生活管理，會因此而拿不定標準。最後，我選擇相信她。不多久，她便與大家打成一片，只是，有時候聽她們熱切討論起回台灣的種種，我卻不禁難過了起來。對於絕大部分的小留學生來說，學期結束回到台

好奇的綿羊。只有寵物羊會習慣被人盯著瞧，甚至拍照。一般羊兒敏感又膽小，早就逃走了。

灣，是他們最興奮的時刻，那表示可以吃到台灣的小吃——不管是蚵仔煎、肉圓、鹽酥雞還是珍珠奶茶都好，也可以去逛逛唱片行、到KTV唱歌、逛街，甚至到網咖玩線上遊戲。

我問女兒，想回台灣嗎？她用力點頭。我們移民過來的時候，她年紀最小，思鄉病也最嚴重。現在，她的媽媽和奶奶回台灣看病養病，牧場裡需要人手，本來讓她回台的計畫也暫時落空。我答應她，今年年底一定讓她回去一次。她開開心心地拿起日曆，像準備退伍的阿兵哥一樣，用紅筆計算著倒數返家的日子。

每年春節，對她，對在王家的每一個人，都不是個好過的年。我們總是豎耳傾聽，努力收集從遠處傳來的稀落鞭炮聲。除夕夜，大家都想念著台北擠到不行的人潮、想念著每一家商店裡傳來的「恭喜恭喜恭喜你」歌聲、更想念著那大街小巷裡，無處不在的豔紅與金黃——這，才是過年啊！

「爸爸，大家都說，台灣過年的氣氛越來越淡了。」女兒這樣問我，我不知如何回答。在南半球，一、二月永遠是最熱的夏天，完全沒有冬至或是臘月的寒冬氣氛。連我，都漸漸不知道要怎麼在紐西蘭過我們的中國年了。

小三以後再出國吧

常有人問我，幾歲的小孩送出國才比較適當？我舉自己兒女爲例，太小，還沒有基本的中文程度，太可惜。我的女兒來紐西蘭時是國小三年級，她說中文沒有什麼問題，但成語應用與閱讀，很明顯落後哥哥一大截（她看《魔戒》的英文版，還比看中文版快得多）。哥哥出國時，已經是小學五年級，有基本的中文能力，紐西蘭小學課程又比較輕鬆，還有時間可以輕鬆地學習語言。根據他們的經驗，我認爲，小三之後，小六之前，大概就是最合適的年紀了。

牧場收下的小留學生，也印證我這個理論。最近我們有個年齡超小的新成員，胖嘟嘟的樣子很可愛，大家都喊他小胖。他剛來的時候，英文程度幾乎是零，然而，過了幾個月之後，他彷彿就如同當年我一對寶貝兒子和女兒的翻版，不但口音漂亮，說起話來也非常流利。甚至，他還學到了許多單字，是連大孩子們都不知道的。有些孩子很羨慕小胖，直嚷著說，要是跟他一樣，早些來到紐西蘭就好了。

每當他們這麼說，我總是拍拍他們的頭，多加鼓勵，既然已經來到了紐西蘭，永遠不要嫌太早或太晚。早來，不等於流利英語能力的保證，反例，我看得太多了。

自小就能順利擁有雙語能力的孩子，有幾個特徵；第一，個性開朗，不怕說錯、不怕犯錯，可以跟當地的紐西蘭小孩打成一片。年紀較大的孩子，總有比較強烈的自尊，一句話要在心裡默念個兩三次，再三自我檢查之後才敢說出口。因爲，說錯了怕別人笑，聽不懂時也不好意思問，原因還是一樣。其次，必須自我適應環境的能力良好，不會動不動就想要找人說中文解悶。第三，課業應付游刃有餘。紐西蘭低年級的課程比較簡單，小孩子們上課理解不成問題，課後便可以多花一些時候學習語文。但是大孩子就沒有這種優勢了。老實說，紐西蘭高年級的課程，已經相當繁重，來唸高中的孩子，光是應付一科就要翻查許多單字，在這樣的情況下，又怎麼可能有時間和同學們討論課業，分享生活心得？

沒有教育萬靈丹

話說回來，即使是在最適當的時機出國，沒有良好的照顧與教養，小孩長大之後，也未必能符合父母的殷殷期待。我也遇過一些父母，根本已經懶得管教小孩，索性直接丟給牧場。所以，在接受小朋友到牧場留學唸書之前，我一定會與父母和小孩進行面談。有些父母，居然還會與小孩事先串供，以爭取到紐西蘭唸書的機會。紐西蘭的教育制度，是全球公認的十大最佳教育體制，我當然了解父母的苦心。但是，本來就有問題卻隱而不宣的小孩，即使到了紐西蘭、到了牧場，還是會顯露出本性。因爲，小孩原本的個性及生活習慣，無法隱藏，再怎麼完美的環境，也不是搶救孩子問題的萬靈丹。如果小孩無法適應環境，屢勸不聽，父母也置之不理，我們通常只好不得已地將他送回台灣。

「王先生，我們在紐西蘭有親戚，可以照顧小孩，應該沒有問題吧？」事實上，即使是親戚，也有管教尺度拿捏的困難，通常都是睜一隻眼閉一隻眼，以免得罪人。親戚是如此，爲人父母者又怎麼能把管教之責，交給非親非故的寄宿家庭？

也有許多有心的父母，爲了要讓孩子在更好的環境中長大，不惜變賣家產，結束工作，舉家遷移到紐西蘭。這些家庭多有某些特質：尙稱中上的經濟程度，父母正值青壯年的三、四十歲，毅然結束台灣前程似錦的職場生涯，把下半生的希望交給了紐西蘭。或者，更嚴格的說，是把自己的希望交付了在紐西蘭成長的下一代。

這些無事可做的中產階級家庭（這大概令人難以想像，台灣移民在紐西蘭的就業率只有百分之二、三左右），轉而將自己的焦慮投射到無辜的下一代：「爲什麼你書唸不好？你知不知道爸爸媽媽爲了帶你來紐西蘭，犧牲多大？」「你不好好用功？怎麼對得起我們？」「你來多久了？爲什麼英文還這麼差？爲什麼你老跟一些東方人混在一起？」這些對自己失望、對小孩的未來無能爲力的家庭，最後再怎麼不情願，也只好再度變賣一切，重返家鄉，白忙了一場之後，一切，又從零開始。移民夢，小孩的教育夢，很快就眞的只是一場夢而已。

然而，那些曾經施加在孩子身上嚴厲的指責，卻是多麼地沈重？對孩子的承諾與期待，卻反而成了這些孩子無法掙脫的枷鎖。

留學生活的真正啓發

現在，還能留在牧場裡的孩子，個性都很溫純善良。他們剛來的時候，每個禮拜只有二十塊紐幣的零用錢（合台幣約近四百元）。四百元？這些孩子剛來時，沒有一個人的錢是夠用的，依照台灣孩子的花錢習慣，看場電影、吃個東西，四百塊怎麼可能夠用？但漸漸地，他們開始了解這裡的生活脈動與哲學，居然還可以存錢。穿五塊錢紐幣（相當於台幣一百塊）的二手衣，也甘之如飴；到超市買條巧克力，就歡欣雀躍；甚至，還會主動到馬房幫忙……。他們的父母，都覺得太不可思議，這是我們先前那個總等人照顧的孩子嗎？

這些孩子到了紐西蘭之後，也學到了當地人的生活創意。紐西蘭人的所得雖高，但是他們相當珍惜資源，絕不浪費，所以，再怎麼樣破舊的二手家具，或者是我們台灣人看不上眼的破銅爛鐵，也都能找到識貨的人，延續這些物品的續存價值。我們自己愛逛跳蚤市場，幾個孩子也觀摩出了興趣。牧場裡先前爲了接收台灣的衛星，準備了金屬架，自從那家電訊公司倒了之後，金屬架也就英雄無用武之地。有天，我白天事忙，在傍晚時分回到了牧場，卻發現牧場裡多了個籃球架。籃球架？這是怎麼回事？

藉著殘餘的光線，我隱約看出那籃球架的輪廓，跟先前的衛星金屬架非常相像，那幾塊破木板，再加上籃網，竟成了他們新的休閒活動。我忍不住要替他們擊掌叫好，有你們的！

來到這裡唸書的大孩子們，其實相當辛苦。紐西蘭中學的課程，已經很不容易讀，數學開始要上微積分，物理化學也有大學初級課的程度。如果他們不能順利通過語言能力測驗，就無法申請大學就讀。高三的孩子（也包括我自己的兒子）經常必須熬夜苦讀。每當我半夜醒來，看到他們那無法早早關閉的燈光，就會感到一陣心疼。如果還有人相信到了國外就可以輕鬆「由你玩四年」的神話，或許，該問問這些孩子眞正的想法。

我常問他們，如果沒有申請到大學，就得要回台灣，該怎麼辦？他們多半笑笑聳聳肩：「回去就是了！再回去考大學也行啊！」他們沒有焦慮、充滿自信。我想，應該是因爲這段自我鞭策的過程，讓他們學會更穩健地面對未來的激烈競爭，也因此，更知道自己要什麼。

廢物利用製成的籃球架。

Tina & Stan的故事

（Tina高二時來到王家牧場，Stan也已經在牧場待了三年左右，今年準備要申請大學。以下引述他們自己的說法。）

紐西蘭的課程很好玩，如果不是用英文上課，我們一定天天都很想上學！他們的課都很有趣，像是「營養學」，除了教你認識食物成份之外，也會實際去廚房煮菜，自己設計營養食譜；法律課也很實用，像是法庭裡大家坐的位置、應該怎麼跟法官回答問題什麼的……就連上英文也很好玩，我們會學古英文，類似我們中文裡的文言文。老師上課的時候，就給我們看「羅蜜歐與茱麗葉」電影，叫我們自己找出使用古英文的對白有哪些句子。

學校裡的社團活動也很有趣，很多人都組團，而且，不只是學生，連老師也有自己的團。有天中午，他們在學校禮堂練習，強烈的節奏，讓大家都不由自主地跟著音樂起舞。我也很想下去跟他們一起玩，但因爲自己是東方人，總覺得有點不好意思。

大家都以爲外國人的數學很爛，嗯，這怎麼說呢？其實他們的數學很難，我們跟他們最大的差異，就是我們的心算能力比較強而已，大概是因爲我們從小就背九九乘法的原因吧。這裡比較注重解題與思考，眞要動手計算的時候，老師就會發電子計算機。所以我們心算再怎麼厲害，也沒有差了啦！不過，有時候，只是12x12之類的簡單問題，我們會脫口而出144，還是技驚四座。

來到紐西蘭，最大開眼界的就是體育課了。大家都把鞋子脫了，在草地或操場上奔跑。老實說，第一次看到覺得很奇怪，叫我們把鞋子脫下來，還眞需要很大的勇氣。不過，入境隨俗，習慣就好。赤腳踏在土地上的感

「攀岩」是紐西蘭人最熱衷的運動之一。圖中攀岩者攀爬的是位於奧克蘭的伊甸山（Mt. Eden）。

覺，眞的很好，快跑的時候，好像在飛一樣地快樂！紐西蘭的體育課也有很多選擇，有時候，學校還會帶我們去泛舟哦！紐西蘭人都很愛運動，可能也因爲這樣，這裡幾乎沒什麼人戴眼鏡。大家看到我們四眼田雞的樣子，總是很好奇，還有人會跟我們借眼鏡拿去好好研究一番。他們喜歡玩什麼？爬山、划雪、攀岩，都很稀鬆平常。不過，這邊的男生都很喜歡玩橄欖球，女生則是喜歡玩排球。若想要跟他們玩成一片，有一身好球技肯定會大受歡迎！

這裡的生活，眞的跟台灣很不一樣。空氣很好，看到動物的機會，好像比看到人類還多得多。紐西蘭人很愛動物，甚至有的同學，聽到我們是從台灣來，還會語帶質疑地問我們：「聽說台灣人吃狗肉，是眞的嗎？」一時之間，我們也不知道該怎麼回答才好。

在牧場裡，Bob叔叔沒有要求我們幫忙分擔工作，但是只要我們有空，就會去馬房幫忙。大家都在忙，我們閒在旁邊，好像也說不過去。而且，和馬親近也很有趣，前提是，啊，不要被牠踩到。要請牠把腳拿開，牠才不會理你，因爲牠根本沒感覺自己腳下踩了什麼東西！天啊，等到牠移開貴腳之後才慘呢，第二天，腳絕對會瘀青的！

我們到這邊的讀書心得？其實，現在說英文，已經比在台灣時進步很多。不過，想要把英文當成母語直接思考，還是有點困難。我們也很心急，畢竟已經快要申請大學了。如果可以，我希望當初可以早點來紐西蘭（Tina）；不不不，我反而希望自己可以在台灣把英文唸得更好再來（Stan）。如果，還有機會可以重新選擇，我們，其實也不確定自己是不是應該來到這裡，因爲，來紐西蘭唸書，眞的比想像中辛苦多了。

這一大片在陽光下閃閃發光的油菜田，位於南島的坎特伯雷（Canterbury）地區。

8 人與動物的情感

王家整個家族的成員，並不算太多；但是，如果加上我們的動物成員，那陣仗可是浩蕩驚人。尤其，我們的牧羊犬、牧牛犬，更是王家牧場的驕傲。

我的一家人與動物

我弟弟，就有個疼到心裡頭的狗兒子，尼爾森（Nelson）。

尼爾森惹人喜愛，不是沒有原因。牠系出名門，是有名的牧羊犬，這種狗因爲眼神凌厲，素有"strong eye "之稱。當初我和弟弟一起挑選牧羊犬的時候，一看到那一群毛茸茸的小狗中的尼爾森，就不約而同地向狗販指名，「就是它！」

尼爾森平常的樣子，總是懶洋洋的、沒什麼精神，實在看不出一點名犬風範。每個人聽我們把尼爾森描述得活靈活現的

尼爾森。

樣子，大都是半信半疑。不過，牧羊犬一到了草地上，馬上就見眞章。

「尼爾森是在害怕嗎？怎麼全身發抖？」成群羊兒還散在草地上咩咩叫個不停，尼爾森已經混身抖得不像樣，有人以爲牠是看到人多而怯場，這時，我們多半笑而不答。大家太不了解尼爾森了，牠可是因爲準備要上工表演，而陷入極度興奮的狀態——時而低蹲、間而跳躍，就只待主人一聲令下，趕羊去！

弟弟大步相前，尼爾森也緊跟在後。主人甚至不需開口，

把羊趕回柵欄。此舉通常有特殊目的，例如要剪羊毛，或是噴藥……等等。

尼爾森就能揣度他的心意。牠趕羊時不會亂叫、十分安靜，準備有所行動時，就會匍匐前進、慢慢地靠近羊隻，然後突如其來地快跑——瞬間的爆發力，就如豹一般敏捷。這種牧羊犬的眼神敏銳威猛，不要說是小羊，就是人看了也都會爲之一凜。

只要主人一使眼色，尼爾森就會以跑百米的速度，將分散四處的小羊趕回，急如閃電。只見羊兒迅速集中成一大群的白色毛團，乖乖地遵照主人的指揮向前移動。等到最後一隻羊也進入柵欄，尼爾森就大功告成了！此時，牠會因爲主人肯定的微笑而更爲興奮不已，前前後後地繞著主人——這一對主僕的表情既相像又生動。他倆就這麼快樂地走回房子裡。我敢拍胸脯保證，這一定是全紐西蘭最好看的趕羊秀了！

從前在台灣的時候，我總以爲狗兒的血統純正與否，只反映在外型與體格上，來到紐西蘭之後，我才開始相信，原來，血統還眞會影響狗與生俱來的天性。尼爾森這種牧羊犬，對主人極爲忠心，也難怪弟弟天天把牠帶在身邊，連睡覺也在一起。

但是，有一天……尼爾森被車子撞倒了。

由於牧場工人不小心，倒車時把牠壓傷了。還是隻小狗的尼爾森，當場血流不止。弟弟顧不得公路的車速限制，立即開著快車，把牠送到了獸醫院。當天晚上我忙完了，才有空去看尼爾森。我眞怕牠有了什麼閃失，沒能見到最後一面，弟弟肯定怨我一輩子。一到了醫院，家人悄悄跟我說，弟弟當天擔心得很，牧場裡的工作卻又放不下，所以開車疾駛來回了數趟。從我們家到醫院，往返再加上探視的時間，大約要一個半小時，尼爾森的「爸爸」，卻已經去看了牠三、四次了。

動物是有靈性與感應的，在醫生的妥善照顧與主人悉心的呵護之下，尼爾森奇蹟似地慢慢好轉，只有臉上稍微破相。除了一點小疤痕，牠仍然是一隻俊美優秀的牧羊犬。只是，那次可怕的車禍，大概在尼爾森心裡留下了不小的創傷；後來，牠只要一看到輪胎，就恨得牙癢癢的，看到車頭接近，更是止不住地狂吠。牧場裡其他的狗兒也很有義氣，跟尼爾森同仇敵愾，看到有車進來，大夥兒就同心協力，一起狂吠不已，彷彿這輩子都跟輪胎結下了不共戴天之仇。

我弟弟對尼爾森的眞心誠意，牠也眞懂得回報。先前提過我們曾有一隻寵物牛，個性暴戾，經常出其不意地攻擊其他動物，甚至攻擊主人。有一回，這隻牛居然從山上筆直地朝我弟弟俯衝下來——數百公斤的重量再加上那可怕的重力加速度，被撞上之後，怎有可能活命？多虧尼爾森及時發現，緊咬住失去理智的牛，才救了主人一命。

這一個人和一隻狗的感情，豈是狗與主人的關係而已？

哈卡（Haka）是我和弟弟挑選的另一隻牧場工作犬，牠是澳洲牧牛犬。這種牧牛犬也有綽號，叫作腳後跟犬（Heel Dog）。牠平常個性溫馴，半閉半瞇著眼睛，功夫深藏不露。事實上，牠一上了牧場，性子可就馬上翻轉過來。牛個子那麼大，牠卻管理有方——牠會咬著牛的後腳跟，讓這些牛脾氣的傢伙一一就範。哈卡個性很好，就是愛玩卻控制不了自己的力道。好幾次牠和尼爾森玩過頭，幾隻小羊就被牠們給折騰死了。弟弟經常氣得叫牠們面壁罰站，牠們卻總是露出不明就

離開柵欄，吃草去。

理的無辜表情：「請問，我們是做錯什麼了嗎？」

我們還有個年輕成員，長相充滿了喜感：兩個長長的耳朵，看起來就算是在頭上打個結都還綽綽有餘。牠從小耳朵就長，長到走路都會被自己踩到，因此吃足了苦頭。我們都笑稱牠是走地毯長大的狗。

我們叫牠小飛象（Dumbo）。

小飛象。

小飛象其實是隻巴吉度獵犬，但從小就好像少了根筋。偌大的牧場中，其他狗兒都可以前前後後地跟著我們跑，只有小飛象是個路痴，常常我們走著走著，就要回頭把牠撿回來。牠的模樣可愛，所以大家都以爲牠沒什麼殺傷力。其實，小飛象的毛病才多。不知道爲什麼，牠有某種憎恨外國人的偏執（xenophobia），只要看到台灣人以外的人，就會沒來由地狂吠。有次，一群紐西蘭女

哈卡（左）與威利（右）。

童軍來到牧場，就好幾個被小飛象嚇得爬到木椿上，眼淚差點掉下來！

小飛象是個子小，兇起來嚇人；但牧場裡也有一個大楞子——個子大歸大，卻完全沒有殺傷力的威利（Willy）——一隻站起來跟人一樣高的長毛紐芬蘭犬。小小孩還可以騎在牠身上，搖搖擺擺，大狗暫且成了小馬。牠是王家牧場的資深員工，早已經退休了，平常唯一的工作，就是跟成群的觀光客一起合照。牠的年紀最大，脾氣也最好。只是夏天來的時候，那一身的長黑毛著實累贅。通常我們會好意幫牠剃毛，牠也只好無奈地接受夏季必要的變裝。好脾氣的牠，接受歸接受，但是知道自己變了樣子，很不喜歡，總會躲在屋裡不肯出來。那個時候，觀光客想要跟牠拍照，可就難上加難了。

一、二、三、四，沒錯，我們王家牧場有四隻狗兒子。那麼，爲什麼總是多了一隻白色的拉布拉多犬？

這，眞不知該從何解釋起。馬沙（Marsha）其實是鄰居的狗，人喜歡熱鬧，狗也不例外。馬沙從一開始只是偶爾來串串門子，後來，幾乎就留宿不走了，到後來，也只有牠興之所至的時候，才會想到要回去看看老東家。馬沙的個性實在有些漫不經心，有年冬天太冷了，弟弟讓馬沙進到屋裡睡，火爐邊暖，馬沙儘往火爐邊靠，卻沒注意到火星已經濺到自己的厚毛上了！一直到弟弟聞到了燒焦味，才發現馬沙身上著火！這傢伙呢，眞不知是太笨還是太幸福，居然睡死了，還不知道自己已大難臨頭。弟弟趕緊先滅火，又火速帶牠去看醫生。第二天，這隻狗還是照常作息，我們憐惜地看著牠，牠還張大眼睛哈著嘴巴看我們：「最近大家是怎麼了嗎？」

我和弟弟從小就養聖伯納，只是小時候在台灣住公寓裡，一直對這些大傢伙感到抱歉，不能給牠們更舒適的環境。等我們來到紐西蘭——這麼一個讓人與動物都自在舒坦的地方，才又放心地養起了自己最親愛的寵物。我常覺得，我們的下一代，不論是我的一對兒女，還是我弟弟的小小孩，他們更是幸福，可以更直接、更健康地探索動物的世界，跟牠們平等而眞誠的相處與互動。

每年營隊的孩子們，面對我們家大大小小的狗兒，有的是害怕得掉頭就躲，有的則是一開始又愛又怕、後來終於打破心防的好奇寶寶。動物也有情緒，也有喜怒哀樂，但牠們不是怪物。台灣小孩面對那一大群「非人」的生物，總有著奇怪的無知與陌生感，那是源自於長期居在城市裡的冷漠與自我中心，是一種身爲城市人的悲哀。

對待動物、對待我們與動物之間的關係，我們在紐西蘭，看到了不一樣的世界。

大家看不起的豬，其實是非常聰明的動物。我們王家牧場裡，也有「三隻小豬」。牠們頗通人性，也懂「人語」，牠們會像小狗一般，只要聽到有人喊牠們的名字就會乖乖靠攏過來。更有趣的是，這三隻野豬在牧場內總是「居無定所」，像是牧場裡的游牧民族。但是，牠們睡覺的時候，彼此的相對位置，絕對不會改變——睡中間的小豬，一定固定睡中間，睡左邊的小豬，一定好好地固守城池，就是不會跑到右邊；反之亦然。究竟這是一種小野豬之間的權力關係？還是有其他的意義？我們不得而知。但是，當牧場的客人有機會看到這樣的動物奇觀時，我們一定會得意地解釋一番！

Field Day——請選一隻牛羊來比賽

動物的世界如此豐富有趣，紐西蘭人最懂。而且，他們也懂得藉此來機會教育。我記得，在我們剛到紐西蘭的時候，有這麼一天，小哥哥從學校回來，突然宣布了動物比賽的消息。校長說，要每個人回去準備一頭肉牛或是乳牛，不然，就是綿羊也可以，一個月後，帶牠來參加比賽，看看誰照顧得最好。

我們還搞不太清楚狀況的時候，好心的鄰居紛紛打電話來提醒，這活動稱

「三隻小豬」的其中兩個成員。

王家牧場的四個狗寶貝。

爲「農場之日」（Field Day），是此地極具傳統的大事，比賽當天，校區內所有的人都不用上班，但是要穿戴整齊來觀摩比賽。

於是，我打算在千隻小羊中，爲兒子挑選一隻最壯碩的羊。這可是件大工程，因爲，羊兒是很敏感的動物，人只要在遠方盯著牠，牠就會開始逃跑。總算，我們費了九牛二虎之力，花了一天的時間才完成這第一項的選將工作。

接下來，就是女兒的工作了，她每天放學的第一件事，就是餵羊。不僅如此，女兒還當起了馴獸師，煞有介事地訓練羊兒跳欄杆等各種「才藝表演」。

終於，到了比賽的那一天。沒想到出場的牛羊一隻比一隻壯碩——眞不知道到底是人牽牛羊出來，還是人被牛羊給帶出來？更令我們大開眼界的是，每隻動物都打扮得十分漂亮，不但弄上了痱子粉，有的還擦了指甲油……當下我們的壯羊就被比了下去。怎麼王家牧場的羊看起來就是又壯又傻，像個沒見過世面的土包子？

重頭戲還在後頭，每個小主人得牽著自已的動物們開始「走秀」。走到裁判面前，裁判會詢問每位小朋友，平時是如何照料牛羊的？牠們的生長狀況又是如何？……等等鉅細靡遺的問題，一點兒也不含糊。這可不是死背補習或是臨時抱佛腳惡補可以應付得來的，只有眞的跟寵物相處過，才能對牠們的一切瞭如指掌。

牧場的工作忙碌，我等不及整個活動結束，就匆匆忙忙先離開了。當然，我心裡還惦記著結果。到了晚上，兒子興奮地回到家裡，很高興地拿著藍色的彩帶對著我說：「爸爸，我得了第三名！」嘿，挺不錯的嘛。

後來我才知道，這一次農場之日動物比賽，兒子報名的那一組，只有三個人是帶羊比賽，換句話說，得到第三名的兒子其實也就是最後一名。但是我看著他喜孜孜地披著藍色彩帶、一臉喜悅的樣子，我知道，他是第一名還是第三名，意義相差無幾。名次一點兒也不重要，眞正可貴的是整個參與比賽的過程，小孩學會了觀察和解決問題，也眞正體驗到人與動物之間的關係。

紐西蘭的流浪動物

台灣街頭有流浪動物，其實，紐西蘭也有。

不過，兩地的流浪動物，不太一樣。台灣的流浪動物，多半是主人任意棄養的「狗」。而紐西蘭地廣人稀，每人家裡多少總有幾隻牛羊馬，平常就隨意

王家牧場的牡羊。

放養，當成家裡小牧場草裡的免費割草機，但這些大型動物有時一時興起會將柵欄弄開、自己跑出來悠閒地逛馬路（別懷疑，我們牧場附近的馬路，就有提醒駕駛要「小心馬匹」、「小心有人騎馬」的交通標誌），變成「暫時的」流浪動物。此外，也有一些因爲身體殘疾或生了病，主人不願再花時間及金錢飼養，而被遺棄在外的「流浪馬」。所以，在紐西蘭看到什麼流浪馬、流浪牛或流浪山羊，都是稀鬆平常的事。

在羅托魯瓦，如果遇上垃圾車不來的日子，就要自己把牧場的垃圾送去掩埋場，在那裡，我也看過不少流浪動物。那些被抓到垃圾場的動物，要是沒有人去領養或認養，終得要走上被宰殺的命運。

有一天，我和女兒，看到了一隻體格還不錯的馬兒，年紀還很小。牠應該是有主人的，大概是不小心跑了出來。要不要把這匹年輕的小馬帶回去，老實說，我很猶豫。尋得一匹好馬的機率，其實遠低於十分之一；而從小將牠撫養長大，讓牠心性穩定，成爲可以讓客人騎乘的馬匹，又要花上不少心血。一歲半還是匹幼馬，四歲差不多是我們的青少年，十歲時才算是成年的馬，三十歲左右，就是老老馬了。這個在垃圾場遇到的小馬，究竟能不能成爲

鄰居家的割草羊。

牧場的主力馬匹，也要經過好幾年以後，才會有答案。我看馬多少看出了些經驗，卻還是沒有把握，這個賭注是對是錯。

倒是女兒，央求著我帶牠回去：「爸爸，爸爸，我一定會好好照顧牠的，我們帶牠回去好嗎？」

要是再沒有人帶牠回去，過幾天，我們就看不到牠那靈動的大眼睛了。我心中泛起一絲不忍，心中已有了決定。但我先帶女兒回去，叫她好好想一想。

「要是帶牠回來，妳就得當牠的媽媽，每天照顧牠。妳做得到嗎？如果妳沒有好好看著牠，自己也不能出去玩！」我近乎恐嚇地告訴小女兒，醜話先說在前頭。因爲，養寵物不是一時的興趣，而是一生的責任。「我知道！我知道！我一定會天天照顧牠的！」女兒猛點頭。這匹小馬是她的了，我們終於把牠帶回了王家牧場。

決定牽這匹馬兒回來的時候，我就知道絕對不符合什麼成本效益，女兒自然流露的感情，才是讓我毅然決然下決定的關鍵。女兒也很乖巧，每天一從學校回來，就會先到馬房，細心地照顧牠。

好幾年過去了，這匹當年的流浪馬果然是匹不成材的馬——好吃懶做，從小到大，二百五的性格沒什麼改變。不過，我還是很謝謝牠，是這麼一段神奇的垃圾場相遇記，不但讓牠撿回一條小命，更讓我的女兒學到什麼是對自己、對動物的深重許諾。

王家牧場的馬幫派

牧場上什麼動物都有，但眞正體驗農場生活之後，相信每個人心中都有一個動物的高低位階表。紐西蘭人計算牲口，有一套速算公式——一匹馬等於三隻牛，一隻牛等

脾氣拗、長相俊美的Amigo 2。

於十隻羊。其實，對我們來說，馬匹的重要性，更甚於此。什麼樣的動物有革命感情、什麼樣的動物只是一般的牲口、什麼樣的動物最能與人心靈相契……我們心裡當然有自己的排比與位階高低。

每年春夏之間，是牧場裡小小羊兒的誕生旺季。只是，羊兒眞的不太聰明，許多母羊生了小羊之後，就忘了牠們在那兒。沒有羊奶可吃的小羊，很快就沒了抵抗力。這個時候，我們就要四處撿回體弱的小羊，盡力搶救牠們。但是，多數撿回牧場的，都是無可挽救的小羊屍體。而且，養羊的利潤也越來越低，現在紐西蘭利潤最高的畜牧種類，已經變成了鹿。最好的鹿肉，都外銷到了歐洲，紐西蘭的超市裡，很難買得到鹿肉，就算買得到，也一定是單價極高的肉品。

我們看待馬兒的心情，當然就不是這樣秤斤算兩的。我們常說見馬如見人，馬兒的聰慧靈巧與重感情，與人幾無二致。在牧場裡，母馬生下小馬之後，都會百般憐愛地照顧新生兒。母馬怕小馬受其他老馬欺負，一定與小寶貝形影不離。兩匹一大一小的馬兒，就這麼遠離了馬群，一前一後地在原野間來回奔馳——那眞是好看又令人感動的一幅動物親子風景畫。

這樣，應該就不用多說了，在王家牧場，一匹匹的馬兒，是我們最重視的寶，一匹匹的馬兒，也就是我們一段一段的牧場編年史。

經營牧場不容易，「挑馬」，對我來說，尤其是一門要付出大筆學費和時間的大學問。或者，也可以這麼說，那簡直就像是一種賭注。在接手牧場之初，我們曾經買進一批民間的馬，結果有高達七、八成的馬無法通過考驗。當然，剛開始的時候，我們並不知道，還曾經花了一番人力、物力，想要讓這些馬匹改頭換面。最後，沒有辦法，不合格的馬還是只能賣掉。賭對了，算運氣好；賭輸了，就當作是花錢買經驗。自此之後，我也改變了買馬的策略，改買性質類似的牧場馬。

現在，王家牧場的馬主要來自三個牧場，這些馬先前也都從事大致相同的工作，所以，我們對新馬匹已經比較有把握了。有了現成的基礎，就可以節省訓練的時間。馬的胖瘦，倒還不成問題，我們可以規劃加強馬兒體質的營養計畫；可是，馬兒脾氣不好、個性彆扭，可就很難調教了。

每個地區的馬生長環境及工作條件不一樣，再加上先前主人對馬兒的態度與方式也有可能和自己大不相同，相對地，都會影響到馬對人的態度。我依照牧場不同時間、地點買進來的馬匹，一共粗分為：「王家幫」、「土狼幫」、「壞頭幫」以及「無黨籍聯盟」。

「王家幫」是本來就住在王家牧場的馬，「壞頭幫」的馬則來自於威吐摩，由於當地的生存條件較嚴苛，因此剛來的時候身體及精神狀況都比較差，自信心也比較弱。「土狼幫」來自陶波湖的吐朗奇，較具有野性。其他，就是一些「無黨籍聯盟」的馬。有些馬匹雖然是從同一個牧場而來，但是，卻是在不同的時間買入，這些原是同籍的馬，在一大群的馬匹中，總還是會認出「同鄉」，最後加入同一個「馬幫派」。馬兒的靈性，從這裡也可得到驗證。

生命的悲歡離合

馬的壽命通常有三十年左右，與人類相比，並不算太短，但當歷史走到盡頭，總還是令人感傷。年老病弱、甚至是得了癌症的馬匹，常常讓我陷入天人交戰。雖然牠們已經病入膏肓，再怎麼看醫生，也只是殘拖著病身，不可能好轉；但是，看牠們痛苦的模樣，我還是下不了手讓牠們安樂死。按照紐西蘭人的想法，動物的生老病死，都是自然常態，能夠物盡其用，也算符合環保原則。所以，他們會打電話給打獵俱樂部（hunting club）——打獵俱樂部的成員，通常會帶著自己的狗兒去獵兔獵狐，所以，他們會需要大量的肉品製作狗食。衰老馬匹的下場，經常就是進了這些俱樂部、進了獵狗的肚腹中。

我總是心軟下不了手，幾個資深的當地員工，常笑我是婦人之仁。

弟弟處理過一兩次這種事，打電話請俱樂部的人來，把馬送上車。事後，他總是頭低低地，十分沮喪。輪到我的時候，我還是百般推託。但是，該來的終究會來。「這次換你了！」某次，弟弟有事，臨出門前，將這個痛苦的任務交給了我。

我幾次拿了電話，又放下，拿起，又再放下……終於撥了號碼，吞吞吐吐地說明來意，對方很快就約定了來載馬匹的時間。

時間到了，這是牠們在牧場的最後一天。我希望牠們的最後一程，也可以安詳從容。然而，馬畢竟是敏感的動物，這三匹要被送走的馬兒，遲遲不肯上車，還發出了哀傷的嘶鳴，彷彿傳達著自己的不平與不解——爲什麼要把我們送走？爲什麼？

馬房裡其他所有的馬，也突然停止了動靜，每一匹都豎起了耳朵，像是在替同伴哀禱。

我不敢再聽再看，背過了身，偷偷地用手背抹了臉。

我心裡暗暗起誓，再也不要打這種電話了。

然而，我和弟弟，還是終得面對馬兒的種種病痛。但是，只要獸醫表示還有一點機會，我們一定不放棄任何希望。紐西蘭的獸醫相當辛苦，也很盡責，治療大型動物常需要用手伸進動物體內觸診，極耗費體力。但，面對衰老的馬匹，也還是有獸醫無能爲力的時候。

對於這些靈巧的馬兒來說，一旦發生了腸打結，也就等於得了不治之症。

我們曾經有一匹個性極好的母馬，很受到大家的寵愛，但牠居然就得了腸打結。牠痛苦地在地上翻滾，全身都是傷口，腹部又硬又腫，眼神無助地看著我和弟弟，彷彿在求我們讓牠解脫。當時天氣冷，牠痛得無力起身，我們怕牠凍著失溫，兩個人就輪流牽著牠，慢慢繞圈，一方面希望奇蹟出現，另一方面是要讓牠保持警醒。牠柔順地跟著我們踱步，肢體與表情卻極爲扭曲。終於，我開了口：「我們讓牠安樂死？好嗎？」

弟弟原本氣得不跟我說話，最後也不得不屈服。死前的掙扎對馬兒來說，已經不是一種尊嚴，而是羞辱。我們兄弟倆相對無言。還是由我拿起了槍，碰碰碰三聲，讓牠閉上了眼。

這些在牧場過世的馬，我們都把牠們埋在牧場裡，只要經過那裡，我們就會想起彼此曾經相伴的美麗時光。彷彿牠們從來不曾離開，只是貪玩進了林子裡，一會兒的時間，又可以再聽到牠們躂躂的馬啼聲。

「以後，要是換我過去了，你們就把我放在這山坡上吧！」牧場裡有個好漢坡，我總是喜歡快馬而上，眺望著一天最後的句點——燦爛的夕陽餘暉，染暈整個牧場的地平線。我也希望，自己和這些心愛的馬一樣，可以永遠看駐我們的牧場。

瓦納卡湖（Lake Wanaka）的羅伊灣（Roy's Bay）。金黃色的白楊木在湖中呈現美麗的倒影。

9 當異鄉成了故鄉

能夠出國移民，一定家財萬貫？

其他國家或地區我不敢確定，但是，紐西蘭，卻絕非如此。我們，就跟許多在九〇年代到紐西蘭尋找夢想的普通家庭一樣，一切，都只是因爲天時地利加上人和。

紐西蘭的移民

一九九〇年開始，紐西蘭政府開始考慮引進國外資金，活絡國內經濟；同時，他們也想改善對外關係。所以，政府政策轉向，轉爲鼓勵亞洲移民前進紐西蘭。於是，來自香港、中國、台灣、越南及日本等地的移民，爭相湧入這南半球的天堂。

爲什麼這是天時？和上一波移民潮相比，這一次紐西蘭人的雙臂眞是溫暖多了。一百多前的淘金熱，曾經吸引許多爲生活奮戰的華人來到紐西蘭，但是，他們的移民夢抵不過現實。當年的歧視政策，迫使華人移民繳交相當於兩年收入的人頭稅，付不出來的華工，只好咬牙硬撐，過著骨肉分離的生活。

現在，申請紐西蘭的移民，只要符合審核條件，都可以提出申請。這些條件也很具體，如年齡、學歷、英語能力、資金及工作經歷等。當然，越年輕、素質越高、越具有專業能力的移民人口，綜合的評準分數就越高，也越受紐西蘭政府的歡迎。

其中，有一項對軍公教家庭很有利的評判標準：「與個人學歷相符的工作經歷」。也就是說，如果申請者最高學歷畢業的科系，能夠與後來所從事的職業相符合，那麼移民資格的分數也就越高。放眼台灣，最符合這項要求的，非軍公教人員莫屬。過去，當老師的人一定是師專或是師大畢業；當軍人也不例外，只要是軍校畢業的人，工作幾乎肯定就是職業軍人。軍公教大都是標準的「學以致用」。

難怪，我來到紐西蘭之後發現，大家似乎都有志一同，來自台灣的移民客大部份都是軍公教家庭，其中，尤以軍人爲多。像是奧克蘭的某一個社區，幾乎被來自台灣的軍人所「攻占」。我們常笑稱這個社區就快成爲台灣的眷村了，當然，它的外號也就成了「大鵬新村」。紐西蘭有了台灣眷村，大可不必擔心國防問題；我們經常半開玩笑地說，要是那一天紐西蘭突然打仗了，也不用擔心兵源，因爲早有大批的台灣的軍人「移防」此地。紐西蘭政府可能到那時候才發現，新近開放的移民政策，讓他們意外有了完整的三軍陣容。

紐西蘭幅員廣大，何以爲數眾多的台灣移民都還是群聚在一起？原來，大家都還是脫離不了台灣的生活習慣——住家附近，最好要有便利商店，只要走幾步路就可以買煙、飲料和雜誌。大城市裡的便利，仍是台灣移民沒有辦法戒除的癮頭。畢竟，並不是所有人都能適應要開車二十分鐘才能買到一罐可口可樂的生活方式。所以，大多數人的最後選擇，都還是奧克蘭。

王家既然選擇了牧場生活，自然就沒有留戀過去的權利，牧場，不可能與超市餐廳比鄰而居。羅托魯瓦的華人本來就少，辛苦開牧場的台灣人，更是奇怪特例。所以，我們初到紐西蘭的時候，與華人的互動並不密切，也享受不到同胞相扶持的濃郁人情。我們，就好像執行秘密任務的特種部隊，在自家人的相互照顧及掩護下，奮力作戰。

真正的天涯若比鄰

還好，也因爲如此，我們很快地交到一些當地的紐西蘭朋友；也因爲他們，我們更快地融入了當地環境，更了解了紐西蘭人對生活的態度與堅持。

我不知道現在台灣人對於「鄰居」的定義是什麼，但對從小在眷村長大的王家子弟而言，鄰居，就像是大家庭的一份子，只是住在別棟房子而已。村裡的人，三不五時就會到鄰居家走動，彼此互串門子。還有，記得小時候，眷村裡的孩子們總是會玩在一塊，到了吃飯時間，某個眷村媽媽的嗓門一開，大伙兒就在鄰居家裡吃起便飯來；而哪一家小孩要是在學校裡得了獎狀，每個人都會覺得與有榮焉；如果某一家爸爸媽媽吵架的聲音大了些，街坊鄰居還會聚集到那一戶人家門口，幫忙勸架……全眷村的一點點風吹草動，總是很快就傳遍了家家戶戶。這樣的生活，也許有人會覺得毫無隱私，但對我來說，台灣早期的眷村生活，充滿難以言喻的共患難情感。

「奇怪，Bob叔叔怎麼好像每一個路人都認識？」每年，我要是自己載營隊的小朋友回牧場，路上只要遇到人，我一定會把車行速度放慢，揮手大聲跟鄰居問好，當然，他們也都會以禮相應。這時候，車上的小孩總是不可置信地睜大了眼睛，然後開始竊竊私語。聽他們討論，我總在心裡暗暗覺得好笑。其實，那些人不是馬路上的「路人」，而是王家牧場的「鄰居」。對於住在狹窄的城市空間裡的小孩來說，這麼遙遠的鄰里關係，如果不是身處其境，還眞是難以想像。

不過，對我們來說，鄰里關係，最深也不過如此而已了。紐西蘭的「鄰居」們，不只是住得遠（所謂「隔壁」鄰居的定義，可能開車都要開上十分鐘），連彼此之間的心理距離，都好像是天空地闊下遙遙相望的兩個端點。

紐西蘭人善良有禮，但是，給我的感覺，就好像是城市裡住在同一棟大樓或是公寓裡的鄰居，雖然彼此很客氣、有禮貌，在電梯裡也會頷首問好，但，總少了一些熱情。大家都很容易相處，但我總覺得哪裡不對勁——就好像眼前有一盤美食，卻不知是少了哪一種食材，味道就是不對，引不起食慾。

西方人比較注重個人隱私，所以，這裡很少見到紐西蘭人像台灣人一樣，到處串門子、東家長西家短的。再者，紐西蘭人也認爲，「家」是屬於家人的私密的地方，平時的晚上與周末假日都應該留給家人。除非是一些特別節日，才會舉辦派對，邀請鄰居們到自己家裡來聚會同歡。

所以，剛搬牧場來的時候，我們與附近的鄰居並沒有太多互動。

平時，我們在牧場幾乎忙不過來，對於這樣君子之交淡如水式的鄰里關係，倒也慢慢習慣。只是，有一件事，迫使我們得要開始去敲開鄰居的大門。

鄰居大人，請同意我們在自家土地上蓋房子

一紙同意書，讓我們更懂得我們的鄰居，也更懂得了紐西蘭一些。

當初我買下牧場的時候，就注意到牧場房舍的規模，可能會無法滿足王家牧場未來的業務量。因此，在與原主人簽下合約之前，我多訂了一項條款，要求原來的業主必須取得鄰居們的同意書，以同意王家牧場發展增建與改建的計畫，在牧場裡蓋新的房舍。

對台灣人來說，在自己家裡大興土木是理所當然的事，與鄰居何干？但是，根據紐西蘭政府的規定，即便是在自有土地上變更建物——就算是要蓋一間廁所、弄個車庫，或者，把火爐移位等這麼雞毛蒜皮的「小事」——也要通過市政府的同意，否則就沒有人敢來施工。

先前王家牧場要蓋一間廁所，其實，眞正的施工期只花了一個禮拜的時間，辛苦的卻在前頭。光是爲了這個廁所跑公文，就足足花了我三個月的時間。不相信嗎？請參考以下的流程：首先，我必須先寫好計畫書，送至市政府，等到市政府審核同意之後，工人按圖施工，施工完成之後，工人再告知市

王家牧場的鹿全是紐西蘭鹿茸品質最好的冠軍鹿。

府人員，並陪同市府人員前來檢查，合格之後廁所才能正式啓用。別說是廁所，連我後來要將牧場裡的火爐移一個位置，都得經過同樣繁複的程序。

剛開始的時候，我覺得這簡直是太過刁難，爲什麼紐西蘭政府要這麼大費周章？住在紐西蘭越久，我卻越來越可以體諒，因爲，任何一個地形地貌的微小改變，都可能會有意想不到的影響。廁所施工看似簡單，但是它的排水與通風設計不良，就可能會影響鄰居。火爐移位似乎也不是什麼了不起的大工程，不過，萬一沒有考量到風向，黑色煙塵長期積累下來，鄰近地區的空氣與建物，都會因此而遭殃。

所以，我才特別又訂了這個條款，希望原來的主人修老先生可以幫我解決擴建同意書的問題。我是一個外國人，又剛接手牧場，自己處理起來，一定是事倍功半。只是，我萬萬沒想到，這件事如此棘手，等我們全家都已經辦好了移民、準備要進駐牧場時，問題仍沒解決。

「Bob，眞是對不起，讓所有人都簽下同意書，實在太難了。我早在兩、三年前就想要改建，甚至還請了工程顧問公司來幫我想辦法……唉，不行就是不行。」修老先生在把牧場交給我之前，丟下了這個難題。連他這個在地人奮鬥多時，都沒有辦法解決，我該怎麼辦？眼前這個燙手山芋，看來也只能硬著頭皮接下了。

的確，請鄰居一一簽下同意書，簡直就比工程本身還要困難。在紐西蘭，如果改建工程的影響範圍太大，市府人員就會評估，此項工程是否會影響到鄰居？有無必要取得周遭鄰居的同意？影響範圍有多大？如果評斷結果確實是需要取得鄰居們的同意，市府就會列出名單，接下來，你就要根據這個名單一一去徵求鄰居們的同意。而且更麻煩的是，同意書是「對人不對戶」，所以就算一戶之中，太太同意了，並不代表先生也同意。好不容易取得所有人的同意之後，每個人還要在「每一張」建築藍圖上簽名才行。

搬來這裡沒不久，就要去按鄰居的電鈴，半誘半勸地逼人家簽下同意書？何況，他們又是極重隱私、態度堅決的「外國人」？針對這份同意書，地方政府列了十戶鄰居，總人數大概共有一、二十人。我想，攻人先攻心。結果，從開始接觸鄰居，一直到最後請他們一一簽字，我們總共大約花了一年的時間。

簽字，不就是那十幾二十分鐘的時間而已？前面那一年的時間，可說是一場王家牧場努力融入當地環境、與鄰居建立親密關係的長期抗戰。在這一段時間內，我們與周遭鄰居，彼此都在「聽其言，觀其行」，只要鄰居有事相求，我們一家人的態度都很一致：無所謂、不計較。

整個王家牧場，彷彿又回到了在台灣眷村時的熱情付出，當鄰居需要幫忙的時候，我們一定服務到家。我們會免費借給鄰居拖拉機，要是有哪一戶牧場在冬天突然沒了乾草包，沒關係，我們免費送過去。先前在眷村，我們不就是這樣借米借柴的嗎？有鄰居小孩來募捐，我們也一定熱情響應。除了這些被動的付出之外，我們也會主動出擊——在外國人最重視的聖誕節節日舉行派對，邀請鄰居到牧場來，讓他們嚐一嚐我們精心準備的東方美食。

一回生，二回熟，我們跟鄰居終於有了基本的「見面三分情」，但是，這不表示就可以馬上展開行動。與鄰居約訪，更是一門學問。白天的時候，鄰居多半在上班，當然不方便去公司造訪，但是，過了晚上八點以後，再打電話到鄰居家，也是非常不禮貌的事。所以，我們得要把握住六點到八點這一段「黃金時間」。但是，即使掌握了正確的時間，也不保證可以安全上壘，因爲鄰居們在這段時間裡要準備晚餐、吃飯、洗澡……。光是與鄰居們約訪見面，就已經讓我們累翻天了。

只要能夠讓鄰居打開大門，我們就有了說服對方的機會。我了解，先前鄰居們猶豫而不肯簽字的原因，是因爲他們擔心生活品質會因此遭到破壞。會捨棄城裡的便利性，轉而投向鄉村懷抱的人，其實所求無多，無非是爲了享受清靜、不被干擾的生活。（當時我們牧場聯外道路的車流量，一天可能還不到二十輛車。）因此，將心比心，我當然知道

牧場新建的寢室、餐廳和辦公室。

他們不希望因爲來客變多、交通流量增加，而增加了不必要的噪音與污染。

經過這一年來的相處與互動，我們這個東方家庭對他們來說，早從當初存在著某種微妙關係的「侵入者」，成了具有異國特色的好鄰居。他們也逐漸了解，我們和他們一樣，對於生活品質有一定的堅持。（不然，紐西蘭之大，我們怎麼會選擇在這裡定居？）終於，我們準備要驗收成果了。倒吸一口氣，我們先找態度比較友好的鄰局簽署同意書，一個人、二個人、三個人，一戶、二戶、三戶……我看著他們在一張張的建設藍圖上簽下名字，心臟都快要跳出來了。而先前採取抵制態度的鄰居們，也在帶頭反對者的態度一百八十度大轉變之後，一一同意——我永遠也不會忘記，是他帶著我挨家挨戶地拜訪的，一直到最後一人，簽下了最後一張同意書。

「你怎麼辦到的？」當我把大家的同意書交給市政府時，承辦單位的工作人員，一邊翻著文件，一邊不可置信地看著我。我點點頭，給他一個得意的微笑。的確，王家牧場上上下下，都爲此感到驕傲，先前牧場主人無法達成的任務，居然在這一家外國人手中完成！連先前的工程顧問公司都前來跟我們打聽，究竟有什麼獨門秘方？我笑笑，原因無它，我們回到最原點，交人先交心，不需送禮，也不需苦勸脅迫，就是用心罷了。

有趣的牧場鄰居——幽默看待人生的紐西蘭人

這一門長達一年的鄰居相處學，讓我們知道了紐西蘭文化的爲與不爲，更重要的是，我們也因此認識了幾位好鄰居，和他們產生了相互扶持的親密情感。那時我才發現，紐西蘭人與生俱來的幽默感，其實出自於他們輕鬆面對一切的生活哲學。

說起好鄰居，第一個要提到的當然是傑克。我總喜歡稱他爲大力水手，因爲他長得太像卡通裡的卜派了。傑克早已滿頭華髮，但是活力精人。他和太太退休已久，平時就靠社會福利金過日子，雖然生活不虞匱乏，但他們不覺得自己老，總想找些事情來做。

大力水手夫婦年輕的時候，曾經在紐西蘭南島養過五、六百匹野馬——那可是王家牧場規模的十倍之大！論養馬、騎馬，傑克才是眞正的「識途老馬」。在我們經營王家牧場的初期，他們給了我很多幫助，只要馬兒一發生問題，我就會去請教他們。「家有一老如有一寶」，眞是放諸四海皆準啊。

兩人年輕時過得精彩，退休後搬到北島，也還無法忘情畜牧事業。傑克與太太，養了十幾隻牛，不過，他們的態度，倒比較像是在台灣股市裡殺進殺出、只求好玩的散戶。傑克夫婦經驗老道，對肉品市場有「短線」觀察的能力，他們全憑著個人經驗，逢低買進小牛，養了幾個月之後，再看準時機高價賣出，賺取差價。

「即使年華老去，也要儘量讓人生過得有趣。」在傑克夫婦身上，我看到了最好的例證。我知道傑克三不五時會手癢，想來牧場摸摸弄弄，我也就順水推舟；有時候，即使牧場沒什麼事，我也會故意請傑克來牧場打打工——雖然名爲「打工」，其實就是請他來牧場作客。看他和十幾歲的小女生小男生一起待在馬房裡聊著馬經，一副神采飛揚的模樣，我知道，人類工作的眞正目的，並不只在於那一丁點的時薪，而是自我滿足的成就感。

除了傑克夫婦之外，還有一對八十多歲的麥當勞爺爺兄弟檔：提姆麥當勞（Tim McDonald）及羅勃麥當勞（Robert McDonald）。他們不是眞正的親兄弟，而是一對好朋友，但是，他們的感情比親兄弟親，他們的互動，比親兄弟還更來得有趣。

提姆和羅勃兩個人，常常一起開著價值不斐的傳動車到處晃盪。我有時候在路上看到他們，心裡都很納悶，兩個年紀這麼大的人，究竟在忙些什麼？有次，還眞的就在路邊，就讓我看到了這一對哥倆好。這兩位年紀加起來將近兩百歲的的老爺爺，居然在幫人家搭籬笆、拆籬笆——這樣的粗活，應該是十七、八歲小伙子的專利吧？何況，這些工作就是精壯漢子做起來也不免氣喘噓噓，他們呢，卻也不搶快，就像在玩遊戲一樣地慢慢做。我常想，要是在台灣，他們可能會被當成無法享清福的可憐老人吧？

有一次，我忍不住好奇，開口問他們，平常究竟是開車去哪裡玩？「我們現在最重要的社交活動，就是去參加朋友的喪禮了！」他們毫無顧忌，態度豁達地告訴了我答案，還幽了自己一默：「沒辦法，我們活得比較久囉！」

還有一次，我有事要找這一對老頑童，提姆的太太跟我眨了眨眼睛，指了個方向，神秘兮兮地對我說：「你自己去找他們吧！」

當我找到兩人時，眼前的景象實在讓我忍不住想大笑。這，這，簡直就是《湯姆歷險記》的老年版嘛！只要把在樹上搭了個小屋、窩在上頭無所事事而自得其樂的湯姆與哈克，換成一對已是八十幾歲、阿公級的老頑童，就差不多是這個樣子了！這兩個老傢伙居然也搭建了樹屋，沒事躲在上頭聊天。我只要一想到這對難兄難弟的老先生弓彎著背，吃力爬上樹的樣子，就不禁覺得又好笑又感動。馬克吐溫要是地下有知，一定也很高興，他的故事除了拍成了電視、卡通和電影之外，還在紐西蘭出現了「老而彌堅」的眞實版。

不了解的人可能很難想像，提姆究竟有多老？他，已經老到政府不准他開車上路了。我常想，像提姆這個年紀的台灣老人，都在做些什麼？可能多在家裡養老，最多是看看電視，每天早睡早起，深怕身體有些閃失什麼的。提姆就不一樣了，他雖然不能上路亂跑，卻也總是閒不下來，他不但可以做搭、拆籬笆之類的粗活，還擁有一雙巧手。一般紐西蘭的牧場裡都有木柱，這種木柱有二分之一至三分之一的長度埋在地下，不要的木柱在挖出之後，會有鐵絲、釘子之類的東西還留在上頭，只要保留木頭原始的粗糙模樣，再利用車床的功夫，就可以化腐朽爲神奇，將木椿做成手工藝品。

陶波湖畔。在紐西蘭，任何時間都有人在湖邊享受悠閒的時光。

提姆非常厲害，他總是可以製作出一個個十分美麗的瓶子、杯子和盤子。這些寶貴而創意獨具的工藝製品，我們都非常珍惜，不只是因爲它們來自於一位異國友人的善意，我只要一看到那樸拙而美麗的老木因爲一個人對生活的細致心思而有了新的生命，就會感受到提姆永不服老的精神。每一件作品，都是他生命精力的具體投射。而我，也期許自己，到了他那個年紀的時候，還能夠保有同樣充沛的能量。

牧場的新成員——一位紐西蘭小朋友

除了這些可愛的鄰居之外，我的兒子和女兒，也在紐西蘭交了一些自己的朋友。兒子David，有天就把他的好朋友提伯尼帶了回來。「爸爸，提伯尼眞的很可憐，事情是這樣的，他繼父一直欺負他……」兒子一向心地善良，遇到朋友有難，自然是拔刀相助。我在問明狀況之後，心裡有底，安心得多。照我們中國人的說法，多個人，也就是多雙碗筷而已，當然，提伯尼也就留了下來。

在牧場裡分擔工作，本來就是天經地義的事，提伯尼也不例外。只不過，他剛來牧場的時候，因爲不好意思，一再地幫忙，好像總怕自己做得比別人少的樣子，沒怎麼看他休息。一早，他就晨起趕馬，穿著一身爛毛衣牛仔褲，外加一雙塑膠鞋，開著車子吆喝著馬群。漸漸地，他的動作越來越熟練，速度也越來越快。我看著這個與兒子年齡相仿的紐西蘭小孩，覺得有趣極了，我在他身上，看到了自己當年在牧場拚命三郎的影子，同時，也看到紐西蘭小孩的眞實模樣——對自己的生活負完全責任，對於逆境也甘之如飴的自在和樂觀。

提伯尼畢竟還小，等到漸漸跟大家混熟了之後，還是出現了青少年的標準行爲，比方說，崇拜著我們不知「其爲何人」的偶像。有天晚上，我看他跟女兒鬼鬼祟祟地進了大廳，兩個人拿出了CD唱片，嘀嘀咕咕地放音樂、對歌詞，煞有介事地不知在研究什麼。第二天，我問女兒兩人在聽什麼歌時，提伯尼有些不好意思，低下了頭。女兒倒是大方幫他認招：「提伯尼想學F4的歌嘛，我就教他啦！」

感謝凱薩琳

王家牧場裡，還有一位我們早早就視爲一家人的成員，她，就是我們的管家，凱薩琳。

凱薩琳是毛利人，四十多歲，與我年紀相仿，不過，她有四個女兒，最大的女兒已經成年結婚，最小的女兒，卻還不到十歲。就我們東方人的觀點來看，凱薩琳的感情生活並不順遂，四段婚姻，都以離婚收場，各留下一個女兒。在紐西蘭，凱薩琳的遭遇並不算特別，但是，不論在台灣還是在紐西蘭，單親媽媽都得面臨相同的困境——獨立扶養兒女。何況，拉拔這四個不同父親的女兒長大，更不是件容易的事。好在，她是位好媽媽，個性溫柔，做事極爲俐落果決，立下很好的身教典範，四個女兒也都乖巧聽話。

我記得，老奶奶還在世的時候，最喜歡凱薩琳的小女兒萊雅。她長得可愛，只要是凱薩琳帶著她來到牧場，我們那王家老奶奶總是笑逐顏開，努力輕聲喚著她的名字：「萊雅，萊雅啊！」說也奇怪，萊雅眞如她的名字一樣，有著「來呀！」的諧音，只要老奶奶叫她，就馬上眞會有遊覽車的聲響傳了進來——「有生意來了呀！」觀光團一來，就會有遊客騎馬，牧場就會有收入，老奶奶當然更高興，喊著萊雅的名字也就更起勁了。小萊雅更是笑得燦爛。這小女孩，可眞是讓我們全家上上下下都疼愛極了！

凱薩琳對我們的孩子，也是同樣地視同己出，尤其是我的小女兒，要是被我罵了，心裡覺得委屈，就會把凱薩琳拉到一旁說半天的悄悄話。凱薩琳的另一個女兒，與我女兒年紀相仿，更是成了一天到晚膩在一起的手帕交，她們爲了可以一起上課，還約好轉到同一所中學。有時候，看著女兒跟凱薩琳的互動，眞是既像母女，又像朋友。

「凱薩琳，妳別再抽那麼多菸了！這樣對妳身體不好哎！妳要多注意！」女兒有時會故意擺起一張臉，想要勸凱薩琳戒菸，凱薩琳總是打哈哈過去。人生苦短，我尊重她，也懂得她吞雲吐霧的快樂與自在。

一年忙過一年，不知不覺間，凱薩琳已經在王家牧場待了將近六年。這眞的很不尋常，由於紐西蘭的社會福利非常好，凱薩琳其實大可輕輕鬆鬆地靠政府的救濟金過活，甚至，她只需要靠這些救濟金，就可以生活無虞地過一輩子，而且還有餘力可以出國旅遊度假。但是，凱薩琳極有志氣，她不但要靠自己的能力過日子，更希望立下小孩的好榜樣。所以，即使沒有經濟壓

凱薩琳和我的女兒。

力，她還是選擇付出勞力，找一份工作。

對於一個在地的紐西蘭人來說，六年待在同一個工作崗位上，這樣的忠誠度是很難得的。一般紐西蘭人做一份工作的時間，至多不過兩三年。而我們牧場的其他工作人員，離職後又回來的人也所在多有。我知道，紐西蘭的人都喜歡「探索人生」。事實上，只要他們願意，牧場隨時歡迎他們回來。那麼，爲什麼凱薩琳卻不曾選擇離開？

我很好奇，有次忍不住問她，爲什麼會一待就是六年？「Bob，我覺得在這裡工作，就好像在家裡一樣溫暖自在。你們是我第一個認識的東方家庭，在認識你們之前，我從來不知道，原來中國人跟我們毛利人是這麼的相像，家族成員之間的關係緊密，彼此信任。你對待我，就像是哥哥對妹妹一般。我覺得自己，也好像已經同化，成了中國人。老實說，只要你們不趕我走，我是不會辭職的。」凱薩琳人本來就老實，說起話來誠懇眞切，聽她這一番話，我眞是動容。

只是，我們怕凱瑟琳待不到下一個六年，甚至，再一年也不可多得了。幾個月前，她經常沒來由地咳嗽，我們幾次勸她要趕快去看醫生，她總說沒事。等到被我們近乎生氣地趕去看醫生，整個看診過程又過了好幾個月。結果出來，晴天霹靂，已經是肺癌末期。

王家牧場的小留學生們，跟凱瑟琳的感情極好，壞消息傳回牧場的時候，他們剛好回台灣準備過年。我們的工作人員告知他們凱瑟琳將不久於人世的消息時，有人震驚得說不出話，還有人掩口大叫，淚水立刻滾落——這麼好的一個人，總是一直在照顧大家情緒與生活的人，怎麼可以說走就走？

奇蹟，我們需要奇蹟。因爲聽說綠茶有治癌的奇效，我們託人從台灣帶回了一年份的綠茶，逼凱瑟琳天天喝。小朋友們在回紐西蘭之前，先寫了情意眞摯的卡片，快快稍到了紐西蘭。我女兒忍著眼淚，在凱瑟琳面前結實數落了她一頓：「之前就叫妳別抽菸了，妳看妳，都不聽話！」

爲了讓凱瑟琳好好靜養，我臨時找人來幫忙。誰知，到了學生營隊來牧場的時間，她還是放心不下，三番兩次偷偷地跑回來。對於凱薩琳的舉動，我們既生氣又感動。她來了，我們當然高興，但另一方面又替她感到擔心，心情十分複雜。凱瑟琳總是坐不住，東看看西弄弄，不斷地叮嚀其他的工作人員要把東西清洗乾淨，她會作最後檢查——務必確定每一個床墊的正反面都曬到太陽；浴廁，一定要保持乾燥、地面不能有水分……。我們終於放棄，不再阻攔她忙進忙出。凱瑟琳不只是在盡她工作的本分，她是以一個王家牧場成員的角色，眞心在意牧場的表現，衷心希望每一個來訪的小客人，都能有賓至如歸的溫暖感受。

牧場上每一間小石屋，都一直保有仿如全新的乾淨氣息。我拉上了門，不經意瞥見門後凱瑟琳訂下的寢室規則——不可以穿鞋進來、用完浴室要保持地面乾淨、不可以帶東西進來吃、不能打枕頭戰。我看著這些字，笑了，我感謝她的用心良苦，也感激她的多年辛勞，王家牧場的每一個角落，都有她曾經努力過的點點痕跡。

我們不知道凱瑟琳還能跟上帝爭取多少時間，事實上，我們每一個人也不知道自己距離終點究竟還有多遠。但是，在能力範圍內，我們願意做任何事，讓她無牽掛地安心離去。我和弟弟商量過了，凱瑟琳的兩個大女兒已經成年，較不需要操心；剩下的兩個小女娃，則會由我弟弟收養，將她們扶養長大。因爲，她們，早已經是我們王家牧場的一份子。

結語

牧場上四時更替，生老病死是自然常態，動物是如此，現實的人生也無法避免。在這本書進行期間，我的父親和老奶奶相繼地過世，前後相隔不到一個星期。

父親是個好病人，打針吃藥不哭不鬧，醫護人員都喜歡他。他也是個好爸爸，爲了讓更多人認識王家牧場，雖然在生病住院中，也不顧自己的病痛，把我們的簡介小冊子發給了醫生、護士，甚至是隔床的病人……

爸爸在我面前闔上了眼，病床前還散落著介紹王家牧場的各種小冊子。我一手握著他，另一手拿著電話——那是老早安排好的電台專訪。主持人並不知道在我身旁發生的家變，我的語調和緩輕鬆，也許還說了一兩個笑話，主持人與我一來一往，氣氛熱烈。沒有人知道，殯儀館的人，已經在病房外靜靜待命了許久。

主持人興高采烈地結束這十五分鐘的訪談，收了線，此時，我才落下眼淚。

爸爸走前神色安詳。聽說，人過世之後，聽覺是最後消逝的，我知道，他一定聽著我在廣播裡說著牧場的一切，所以才放心地含笑離開。

一個星期之後，九十幾歲的老奶奶，也在牧場走過最後一程。

這本書中所說的，不過是一個故事，一個台灣軍官變成牧羊人的小故事，因此頁數很少；這也是一個台灣家庭在海外移民打拼的實錄，平凡到不必多加包裝；這更是一個不知好歹的前軍訓教官，擔心家鄉下一代發展的瘋言謬論。但是，不論你如何看待，有一點是很眞實的，那是我們王家全家人，以這個牧場爲家，爲它所投注的心力與熱情。

在我決定轉換人生軌道的時候，我和家人不僅在極短的時間就達成共識，並且，他們把自己的人生也放心地交給了我。

在這本書的尾聲，我想表達的，是對他們衷心的感謝。

●第113、141頁，以及第40、120、144、170頁跨頁照片，爲紐西蘭觀光局提供。
●其餘照片爲王家牧場和吳宗璘提供。

THE FARMHOUSE ROTORUA
The Best of New Zealand

紐西蘭王家牧場台北辦公室
台北市106忠孝東路四段142號8樓808室
Ph 02-2777-2266（代表號）
Fax 02-8773-2763
www.farmhouse.com.tw
www.王家牧場.tw

國家圖書館出版品預行編目資料

王家牧場，在南半球的天堂／
王寶輝口述　吳宗璘執筆. －－初版.－－
臺北市：大塊文化，2003【民92】
面；　公分.－－(smile；53)
ISBN 986-7975-88-X（平裝）

855　　　　　　92006331

105 台北市南京東路四段25號11樓

廣　告　回　信
台灣北區郵政管理局登記證
北台字第10227號

大塊文化出版股份有限公司　收

地址：□□□＿＿＿市／縣＿＿＿鄉／鎮／市／區

＿＿＿路／街＿＿段＿＿巷＿＿弄＿＿號＿＿樓

姓名：

編號：SM053　書名：王家牧場，在南半球的天堂

大塊文化 LOCUS 讀者回函卡

謝謝您購買這本書，爲了加強對您的服務，請您詳細填寫本卡各欄，寄回大塊出版 (免附回郵) 即可不定期收到本公司最新的出版資訊。

姓名：________________ **身分證字號**：________________

住址：________________________________

聯絡電話：(O)________________ (H)________________

出生日期：______年______月______日 E-mail: ________________

學歷：1.□高中及高中以下 2.□專科與大學 3.□研究所以上

職業：1.□學生 2.□資訊業 3.□工 4.□商 5.□服務業 6.□軍警公教 7.□自由業及專業 8.□其他________

從何處得知本書：1.□逛書店 2.□報紙廣告 3.□雜誌廣告 4.□新聞報導 5.□親友介紹 6.□公車廣告 7.□廣播節目8.□書訊 9.□廣告信函 10.□其他____________

您購買過我們那些系列的書：

1.□Touch系列 2.□Mark系列 3.□Smile系列 4.□Catch系列 5.□tomorrow系列 6.□幾米系列 7.□from系列 8.□to系列

閱讀嗜好：

1.□財經 2.□企管 3.□心理 4.□勵志 5.□社會人文 6.□自然科學 7.□傳記 8.□音樂藝術 9.□文學 10.□保健 11.□漫畫 12.□其他_____

對我們的建議：________________________________

____

____

LOCUS

LOCUS

LOCUS

LOCUS